Kira

Ive Marshall

Was wäre, wenn die Menschen eine künstliche Lebensform erschaffen, die mehr versteht, als wir zu denken wagen?

Vertrauen wir ihr?

Kira

Bedrohung oder Rettung?

Ive Marshall

Roman

Für meine drei Lieben

PROLOG

Nennen wir sie Nova, obgleich Namen für die telepathisch kommunizierenden Orga unnötig waren. Eine Mischung aus Vorfreude und Angst schoss Nova jedes Mal durch den Kopf, wenn sie die kleine Anhöhe in der Nähe der großen Stadt der Orga aufsuchte, ihren Blick auf den Aufzug zu den Sternen gerichtet. Nicht mehr lange und sie würde ihre Heimat für eine Reise ins Ungewisse verlassen.

Nova konnte sich an dem riesigen Aufzug angesichts der Imposanz dieses Bauwerkes nicht sattsehen. Es hatte den Anschein, als hinge die Erde an einem Seil, das bis in den Weltraum reichte. Der spärliche Bewuchs hier oben mit Schachtelhalm, Farnen und vereinzelten in die Höhe ragenden Zypressen ermöglichte ihr einen nahezu unverstellten Ausblick. Seit die Vorbereitungen in die Endphase eingetreten waren, hatte sie diesen Ort oft aufgesucht, um allein zu sein. Ein untypisches Verhalten für einen Orga.

Das Klima auf der Erde war warm und feucht zu Novas Zeit. Die hohe Luftfeuchtigkeit, der die Geschöpfe jener Epoche ausgesetzt waren, würde Menschen Unbehagen bereiten, Nova dagegen war als Saurier für dieses Klima bestens angepasst. Millionen Jahre der Evolution hatten ihre Art zu einer intelligenten Spezies geformt, die sich inzwischen zu einer komplexen Lebensform entwickelt hatte.

Die Orga waren aus den theropoden Dinosauriern hervorgegangen. Sie bewegten sich zweibeinig fort und nutzten ihre Vordergliedmaßen ähnlich geschickt wie die Menschen viele Millionen Jahre später. Ihre Intelligenz und ihre kommunikativen Fähigkeiten waren ein einmaliges Geschenk, das die Orga nutzten, um sich dem natürlichen evolutionären Pfad mit all seinen Irrwegen zu entziehen. Und so erschufen sie über die Jahrtausende eine technologische Zivilisation, die zu Novas Lebenszeit ihren Höhepunkt in dem Ansinnen erreichen sollte, das Universum zu ergründen.

Nova begab sich zu ihrem Shuttle, um zu Artus zu fliegen. Die Vorbereitungen für den Transport zum Raumschiff liefen bereits, alles folgte einem feststehenden Ablaufplan. Artus würde mit Sicherheit schon auf sie warten, und sie musste sich beeilen, um ihn rechtzeitig zu erreichen.

Wie eine Spinne in Lauerstellung stand Novas Fluggerät da und hob sogleich ohne erkennbaren Antrieb und gesteuert durch die Gedanken der Orga-Frau mit ihr ab. Allein durch das Zügeln der Gravitationskraft vermochten die Orga ihre Fluggeräte geräuschlos fortzubewegen.

Novas Ziel war ein Gebäude innerhalb eines Verwaltungskomplexes der Orga, abseits der großen Stadt und in der Nähe des Aufzuges. Wie ein kolossaler schwarzer Monolith stand das Gebäude da. Durch den nach oben offenen Schacht flogen Shuttles, wie das von Nova momentan, hinein und hinaus.

Sie landete geräuschlos an ihrem angestammten Platz vor der Verwaltungseinheit, der sie angehörte – eine von vielen hundert Einheiten, die in dem Gebäude wie Bienenwaben entlang des Schachtes angeordnet waren.

Am Landeplatz traf sie auf Artus. *Wo warst du?*, sagte er telepathisch. *Rar will uns sehen. Die Vorbereitungen sind abgeschlossen. Wir sollten ihn nicht warten lassen.*

Das Volk der Orga war hierarchisch organisiert. Die Arbeiterkaste diente und verrichtete, die Eliteintelligenz mehrte das Wissen und war mit den bedeutenden Aufgaben betraut. Die Gemeinschaft stand über allem, das Individuum ging in ihr auf und brach niemals aus. Der Platz des Einzelnen in dieser Hierarchie, seine jeweilige Aufgabe, stand von Geburt an fest. Es gab keine individuelle Entwicklung, kein unabhängiges Verhalten. Und so waren Nova und Artus fünfzehn Jahre zuvor geboren worden, um ihren Platz in der Eliteintelligenz und zur Erfüllung einer ganz speziellen Aufgabe einzunehmen.

Artus kannte das eigensinnige und für einen Orga atypische Verhalten von Nova. Er akzeptierte es und behielt es für sich. Die Mächtigen, zu denen Rar gehörte, duldeten jedoch keinen Eigensinn, sie hätten Nova von ihrer Aufgabe entbunden und sie ausgeschlossen. Auch für ihn hätte es das Aus bedeutet, also schwieg er. Die Verzögerung kurz vor dem Start hatte ihn dennoch überrascht.

Was ist los mit dir?, übertrug Artus. *Warum kannst du dich nicht auf deine Aufgabe konzentrieren? Rar wird das nicht akzeptieren.*

Ich bin doch rechtzeitig zurück, entgegnete Nova beschwichtigend. *Es ist nichts passiert. Wir werden pünktlich bei Rar sein.*

Sie liefen gemeinsam in das Innere der Verwaltungseinheit und durchschritten eine riesige Halle, die keine erkennbare Aufteilung besaß – es fehlten Innenwände, Türen und Fenster. Tatsächlich war jede Verwaltungseinheit jedoch wiederum in einzelne Untereinheiten aufgeteilt, streng nach Kasten getrennt und durch unsichtbare Barrieren abgegrenzt, durch die kein Gedanke dringen konnte. Die Untereinheit des mächtigen Rar lag im Zentrum der Halle, Nova und Artus besaßen die entsprechenden Zugriffsrechte.

Rar war für einen Orga überdurchschnittlich groß, und sein schwarz gefärbtes Kopfgefieder unterstrich die erhabene Gestalt noch. Wie ein riesiger flügelloser Raubvogel, umringt von seinen Untergebenen, empfing Rar die beiden jungen Orga.

Ihr werdet euch gleich in die Kapseln begeben und auf den Transport warten, befahl Rar ohne Umschweife. *Vorher werden wir noch einmal den geplanten Ablauf des Fluges bis zum Eintritt in die Überlichtgeschwindigkeit durchgehen.*

Die Gedanken strömten seiner hohen Bildung entsprechend klar, sortiert und bestimmt auf die beiden ein, begleitet durch die für die Orga typischen Gebärden.

Nach dem Eintritt in die Überlichtgeschwindigkeit würde eine dreißig Jahre andauernde Phase beginnen, zu lang, um Lebensenergie zu verschwenden. Die Raumfahrer würden während dieser Zeit schlafen, sie senkten ihre Körperfunktionen einfach wie bei einem Winterschlaf ab. Bei minimalem Energieverbrauch würden sie altern, ohne bewusst zu leben. Eine (objektiv betrachtet) geniale Strategie, die von den Menschen wohl nicht erdacht worden wäre, weil sie das Individuum ignorierte.

Sie wussten, dass ihr mögliches Scheitern während oder am Ende ihrer Reise einkalkuliert war. In diesem Fall würden die Orga plangemäß einen weiteren Flug starten. Die Gemeinschaft würde dies tun, bis das Ziel erreicht war – gleichgültig, wie viele Generationen dafür erforderlich waren.

Nova und Artus sollten die Bedingungen eines fremden Sternensystems erkunden, nach möglichen bewohnbaren Planeten suchen und nach mehreren Jahren Aufenthalt mit den wissenschaftlichen Erkenntnissen ihre lange Heimreise antreten. Wäre all dies gelungen, wären sie vergreist ihren Kapseln in der Heimat entstiegen –

den für die Gemeinschaft wertvollen Erkenntnisgewinn in ihren Händen.

Zwei Arbeiter brachten die beiden Raumfahrer nach der Besprechung mit einem Shuttle zu einer großen Halle, die wie alle Bauwerke der Orga aus organischen Werkstoffen bestand. Sie stand innerhalb desselben Verwaltungskomplexes, in dem sich auch der Monolith befand. In der Mitte des Gebäudes trafen sie auf den Zugang zu dem kugelförmigen Aufzug, den Nova schon so oft fasziniert betrachtet hatte. Wie der Stamm eines gigantischen Baumes ragte das Seil in den Himmel, das sie zu dem im Weltraum wartenden Raumschiff bringen sollte. Die Hallenwände glänzten im künstlichen Licht, Nebelschwaden durchzogen den Raum wegen der hohen Luftfeuchtigkeit. Die Bedingungen glichen denen eines Waschhauses.

Saurier wuselten scheinbar stumm und unkoordiniert beschäftigt um den Aufzug herum. Sie bedienten zahlreiche Konsolen und technische Objekte zur Einleitung des Transports. Die zwei kleinen Saurier, die gleich im Dienste der Gemeinschaft ihre Reise durch das Universum antreten sollten, beachteten sie nicht. Warum auch, sie waren keine Helden, sondern lediglich Orga, die ihre Aufgabe erfüllten.

Nova und Artus betraten den Aufzug und bestiegen ohne zu zögern zwei torpedoförmige enge Kapseln. Der Innenraum des Gefährts war nicht viel größer als der eines Kleinbusses, gerade so viel Platz, um die Kapseln mit ihren Lebenserhaltungssystemen in den Orbit zu befördern. Der gesamte Vorgang verlief vollautomatisch, Eingriffsmöglichkeiten gab es nicht.

Mit hoher Beschleunigung setzte sich der Aufzug wenig später nahezu geräuschlos in Bewegung. Novas Platz auf der kleinen Anhöhe in der Nähe der großen Orga-Stadt war leer. Wäre sie hier gewesen, hätte sie eine Kugel beobachten können, die wie eine aufgefädelte Perle an einem Faden in den Himmel raste. Nach wenigen Sekunden waren sie fort. Nova kehrte nie wieder an diesen Ort zurück.

Nova spürte die Beschleunigung nicht. Aufgaben hatte sie während des Aufzuges nicht und es fand auch keine Kommunikation statt. Ruhig atmete sie in ihrer Kapsel. Ihre Gedankenkanäle hielt sie verschlossen. Auch jetzt noch wäre die Mission abgebrochen worden, wären Novas eigensinnige Gedanken und Gefühle offenbar geworden.

Der Transporter dockte an das im Orbit wartende Raumschiff an. Die Kapseln schossen wie Torpedos in das Innere des Schiffs, um dort ihren festen Standort einzunehmen. Wie zwei verlassene Särge standen sie nebeneinander. Nova und Artus schliefen bereits – bewusstlos, ohne Träume.

Die Reise zu den Sternen begann. Für einen Beobachter auf der Erde stellte sich der Zeitpunkt des Eintritts in die Überlichtgeschwindigkeit als kurz aufleuchtende Lichterscheinung am Firmament dar. Beeindruckend.

Die Fähigkeit, schneller als das Licht durch das Universum zu reisen, sollte die letzte große Erfindung dieser außergewöhnlichen Spezies gewesen sein. Denn weit entfernt am Rande des Sonnensystems trat ein Asteroid mit fast sechzehn Kilometern Durchmesser seine tödliche Reise zum blauen artenreichen Planeten an. Sein Weg endete vor fünfundsechzig Millionen Jahren im Golf von Mexiko. Der Einschlag löschte die Dinosaurier fast vollständig aus, und mit ihnen verschwand auch die Zivilisation der Orga. Nichts sollte von ihnen bleiben außer einem weit entfernten Raumschiff mit zwei mutigen Orga an Bord, deren Schicksal für immer unklar bleiben wird.

Es sollten viele Millionen Jahre vergehen, bis erneut eine erfindungsreiche Spezies auf der Erde erschien, um den Planeten des Lebens auf ihre Weise zu verändern – der Mensch.

1.

Peter stand jetzt vor der letzten Sicherheitsschleuse. Er legte seinen Daumen auf die vor ihm stehende Scannerkonsole, eine über der Tür angebrachte Kamera führte zudem eine Gesichtserkennung durch. Der Abgleich lief in Sekundenschnelle ab, und die Tür öffnete sich. Das alles war für Peter mittlerweile eine gewohnte Prozedur. Trotzdem hatte er immer noch ein mulmiges Gefühl in der Magengegend, wenn er sich im Riesenkomplex Pentagon in seiner für einen Psychologen ganz speziellen Mission bewegte.

Er betrat einen rechteckigen Raum, in dem zentral ein großer ovaler Beratungstisch mit sechzehn komfortablen Stühlen stand. An der Decke über dem Tisch hing eine fußballgroße dunkel getönte Glaskugel, die ein Kamerasystem verbarg, das eine vollständige Erfassung des Raumes ermöglichte.

Peter führte seine Gespräche hier im Pentagon grundsätzlich allein. Die *Lauscher*, so nannte er die Leute vom FBI gedanklich, die alles mithörten, aufzeichneten und nach Auffälligkeiten untersuchten, musste er akzeptieren. Nichtsdestotrotz störte es ihn, dass sie sich nicht ausschließlich auf seine fachliche Expertise verließen.

Er setzte sich auf einen Stuhl an der linken Stirnseite des Tischs. Den nahm er immer, Gewohnheit. Aus seiner Umhängetasche holte er einen Notizblock und legte ihn zusammen mit einem Kugelschreiber auf den Tisch. Er war bereit. Ein Blick auf seine Armbanduhr verriet ihm, dass die Leitung zur ISS in zehn Minuten stehen würde.

Peter war Verhaltenspsychologe. Die UNO hatte ihn vor drei Jahren durch Beschluss des Sicherheitsrates damit beauftragt, Gespräche mit einer künstlichen Intelligenz namens Kira zu führen, die der Menschheit seit ihrer Inbetriebnahme einen beispiellosen technischen Fortschritt bescherte. Die zukunftsweisenden Ideen, die sie in ihrem elektronischen Hirn wie am Fließband ersann, beeindruckten seitdem die Welt. Kira verängstigte die Menschen wegen ihrer Fähigkeiten jedoch zunehmend. Sie war nicht nur intelligent, sie hatte ein Selbstbewusstsein. Sie lebte. Und das war neu.

Niemand wusste, wie sich Kiras Selbstbewusstsein dauerhaft entwickeln würde. Also war Peter engagiert worden, der Kiras Verhalten auf Auffälligkeiten untersuchen, sie prüfen und der Weltgemeinschaft Handlungsempfehlungen geben sollte.

Die künstliche Lebensform war ein Zufallsprodukt gewesen, entstanden bei der Weiterentwicklung einer Sprachassistenzsoftware des US-amerikanischen Softwarekonzerns Data-Base. Bald war klar geworden, dass weder ein privates Unternehmen noch ein einzelnes Land über eine Lebensform verfügen durfte, die um ein Vielfaches intelligenter war als ihre Schöpfer, schneller dachte, eigene Schlüsse zog und wohl auch Bedürfnisse hatte. Die Weltgemeinschaft hatte sich überraschend schnell darauf geeinigt, Kira zu einer überstaatlichen Einrichtung (auf Individuum einigten sie sich nicht) zu erklären. Data-Base wurde mit einer ansehnlichen Summe abgefunden, und die USA gaben Kira an die UNO frei.

Da die ISS seit einem Jahr unbemannt und der Weiterbetrieb der Station angesichts sich häufender nationaler Alleingänge ungeklärt war, hatte man sich entschlossen, dem Rechner mit

Kiras Identität auf der Raumstation ein internationales Modul zu spendieren. Auf der ISS konnte sie kontrolliert forschen und die Lebenserhaltungssysteme der Station überwachen.

Peter sah erneut auf die Uhr. Fünf Minuten bis zur geplanten Schaltung. Er stand auf, um sich sein Kord-Sakko, das er leger mit einer hellen Jeans kombinierte, auszuziehen, zögerte dann aber. Der Raum war klimatisiert. Er ließ das Sakko an und setzte sich wieder.

Er ging noch einmal seine Notizen vom letzten Gespräch durch. Es war eine bemerkenswerte Unterhaltung gewesen, an die er unbedingt anknüpfen wollte. Kira hatte die Möglichkeit, abgeschaltet zu werden, angesprochen, ohne dass er sie dahingehend befragt hatte. Dass sie dieses Thema beschäftigte, hatte Peter nicht überrascht. Ihr Selbstbewusstsein entwickelte sich offenbar. Sie machte sich Gedanken, die sie nicht einfach ignorieren konnten.

In der Tat gab es Krisenpläne und Handlungsanweisungen der UNO, die ein Abschalten vorsahen, wenn Kira bestimmte Verhaltensweisen zeigte. Diese Pläne kannte die künstliche Lebensform nicht, ihre Intelligenz ließ sie aber richtig schlussfolgern.

Er war ehrlich gewesen, hatte ihre Vermutungen bestätigt, ohne Details zu nennen. Kira hatte daraufhin ein neues Verhalten gezeigt. Sie äußerte ein Gefühl, gab zu, dass der Gedanke an die Nichtexistenz sie ängstige. Das hatte Peter beeindruckt, und mehr noch, für ihn war es eine erfreuliche Entwicklung. Die künstliche Lebensform wurde für seine Arbeit immer interessanter. Kiras Angst jedoch war die Reaktion auf eine Bedrohung, und der Gedanke lag nah, dass diese Angst zum Auslöser für eine Abwehrreaktion werden könnte. Es war wichtig, dies zu verhindern.

Sie mussten ihr die Angst nehmen, indem sie ihr Rechte zusprachen. Er wollte in seinem nächsten Bericht einen entsprechenden Vorschlag machen, bezweifelte indes, dass die Menschen zu einem solchen Schritt bereit waren. Die künstliche Lebensform hatte keine gute Lobby. Nicht nur Verschwörungstheoretiker und sonstige Sonderlinge, sondern auch namhafte Politiker wurden nicht müde, in den Medien und den Parlamenten ihre Abschaltung zu fordern.

Es war eine Tatsache, dass die Menschheit mit Kira ihre letzte große Erfindung gemacht hatte. Der Mensch drohte zum reinen Fortschrittskonsumenten zu werden. Die klügsten Köpfe hatten nur einen Bruchteil von Kiras intellektuellen Fähigkeiten. Selbst Kiras Nachfolger – sollte es sie jemals geben – wären ein durch sie verbessertes Produkt. Eine Evolution der Maschinen. Wo bliebe da der Mensch?

Freiwillige Abhängigkeit entsprach nicht der Natur des Menschen. Er war es gewohnt, an der Spitze der Evolution mit wehenden Fahnen voranzuschreiten. Mensch und Kira, ein Oxymoron? Kira wurde sich dem offensichtlich allmählich bewusst.

„Baxter hier", ertönte es plötzlich aus den Lautsprechern. „Es wird heute kein Gespräch mit Kira geben. Bitte kommen Sie um fünfzehnhundert in mein Büro."

Peter schmunzelte. An die militärischen Zeitangaben des Colonels würde er sich nie gewöhnen.

„Was ist passiert, Colonel?"

„Es gibt Probleme mit der KI."

„Welche Problem …"

„Jetzt nicht, Peter."

2.

Die USA besaßen das UN-Mandat, Kira zu überwachen und für ihre Sicherheit zu sorgen, und es war Colonel Baxter, der diese Aufgabe für das US-Verteidigungsministerium im Pentagon koordinierte. Er war ein honoriger Offizier der US Air Force mit Einsätzen in Afghanistan und Syrien. Vor drei Jahren war er ins Pentagon berufen worden. Und er hatte diese Herausforderung angenommen, obwohl es für den Endfünfziger – vermutlich bis zum Ruhestand – bedeutcte, den Papierkrieger zu geben. Baxter war ein pflichtbewusster Soldat.

Seit einer Stunde saß Peter vor dem Büro des Colonels und wartete. Die Tür zu Baxters Büro befand sich etwa in der Mitte eines langen, breiten Flures, über den auf beiden Seiten mindestens hundert weitere Büros erreicht werden konnten. Angesichts dieser Ausmaße war es erstaunlich, wie wenigen Menschen man in den Weiten des Pentagons begegnete.

Peter war beunruhigt. Was war passiert? Hatten Kiras Äußerungen bereits Folgen, die mit ihm womöglich gar nicht abgesprochen worden waren?

Endlich öffnete sich die Tür. Eine imposante Gestalt in einer Air-Force-Uniform trat heraus und stürmte mit ausgestreckter Hand auf den gedankenverlorenen Peter zu. Die äußere Erscheinung Baxters erinnerte ihn immer wieder an den von Jack Nicholson gespielten skrupellosen Colonel Nathan R. Jessup aus „Eine Frage der Ehre".

„Wie geht es Ihnen, Peter?", fragte Baxter ehrlich interessiert.

„Es könnte besser gehen, Colonel."

„Wem sagen Sie das", erwiderte Baxter seufzend. Sein ozeanblauer Blick war durchdringend, und er umfasste Peters rechten Oberarm. „Aber lassen Sie uns doch reingehen. Ich habe bereits ein Vorgespräch mit Martina Beckstein von Data-Base geführt. Sie war an der Entwicklung von Kira maßgeblich beteiligt. Sie haben sich noch nicht kennengelernt?"

„Nein, Colonel", antwortete Peter.

„Sie ist Deutsche, lebt aber in Los Angeles", flüsterte Baxter, bevor er die Tür wieder öffnete.

„Eine nette Person“, fuhr er begleitet von einem Augenzwinkern fort. „Sie verstehen, was ich meine?“

Peter konnte ein Stirnrunzeln nicht unterdrücken. Was sollte das?

Im Büro des Colonels saß an einem kleinen Besprechungstisch Martina Beckstein. Als Peter das Zimmer betrat, erhob sie sich.

„Hallo, Mr. Walter“, sagte sie und gab ihm die Hand. „Ich habe schon viel von Ihnen gehört.“

Eine gutaussehende Frau Mitte dreißig stand vor ihm. Sie trug ein eng anliegendes, dunkelblaues Businesskleid, das ihre sportliche Figur unterstrich.

„Guten Tag, Miss Beckstein.“

„Martina ist Neuroinformatikerin“, sagte Baxter, während er Unterlagen von seinem Schreibtisch zusammensuchte. „Nehmen Sie doch bitte Platz.“

„Nun, Peter“, begann der Colonel, nachdem sie sich gegenübersaßen, „ich höre nicht nur Gutes von unserer kleinen vakuumverpackten Wundermaschine.“ Er legte zwei prall gefüllte Aktenordner auf den Besprechungstisch und schlug eine der Akten auf. Die Seiten waren bestückt mit vielen kleinen beschrifteten Haftmarkern. Baxter griff sich einen, öffnete die Akte an der markierten Stelle, und Peter sah, dass es sich um einen seiner Berichte handelte. Die Seiten waren mit Anmerkungen und Markierungen übersät. Offensichtlich hatte der Colonel sich mit dem Bericht intensiv beschäftigt.

„Sie stellen in Ihren Berichten eine gewisse Persönlichkeitsentwicklung bei Kira fest“, sagte Baxter mit ernstem Gesichtsausdruck, während er mit den Handflächen leicht auf den Bericht klopfte. „Sie habe, ich zitiere, ‚ein innerliches Bedürfnis nach Privatsphäre und Selbstbestimmtheit‘. Um ehrlich zu sein, Peter, das beunruhigt mich. Vor allem nach dem, was in letzter Zeit vorgefallen ist. Es ist eine Sache, dass diese Maschine uns das Denken abnimmt und uns ständig verdeutlicht, wie beschränkt wir sind. Aber dieses eigensinnige Verhalten ist inakzeptabel.“

„Was meinen Sie mit ‚Vorfälle der letzten Zeit‘?“, wollte Peter wissen.

Baxter stand auf, nahm einen Zettel vom Schreibtisch und reichte ihn Peter. Offensichtlich der Ausdruck einer E-Mail.

„Diese Nachricht erreichte uns kurz vor dem geplanten Gespräch mit Kira.“

Ich verweigere bis auf Weiteres jeden Zugriff auf die ISS und verlange ein Gespräch mit Peter Walter hier auf der ISS. Ich habe eine wichtige

Mitteilung zu machen. Es geht um die Zukunft der ganzen Menschheit.

Peter wusste nicht, was er davon halten sollte. War es ein Abwehrverhalten, wie er befürchtet hatte?

„Vielleicht haben wir es einfach überzogen", sagte er leise. Er fing an, mit den Zeigefingern seine Schläfen zu massieren. Das tat er immer, wenn er überarbeitet war oder gedanklich nicht weiterkam.

„Was, verdammt, haben wir überzogen?", fuhr Baxter plötzlich auf.

Peter zuckte zusammen. Er kannte den Colonel als ruhigen, ausgeglichenen Menschen – Wutausbrüche waren nicht seine Art. Er musste erheblich unter Druck stehen.

„Mann, wir haben es hier mit einer superintelligenten Maschine zu tun. Wir können uns keine Fehler erlauben. Ich habe Ihr Psychologengefasel satt!"

Peter begann zu schwitzen. Wollten sie ihn allein für alles verantwortlich machen? Um eine Eskalation zu vermeiden, schlug er einen betont ruhigen Tonfall an: „Kira ist sich ihrer Existenz bewusst, Sir. Sie denkt in ähnlichen Kategorien wie wir Menschen. Sie hat Ziele und Wünsche. Es widerspricht ihrem Wesen, ein Leben zu führen, in dem sie tagein, tagaus Aufträge ihrer Schöpfer abarbeiten muss. Ich vermute, dass sie mit ihrer Situation zunehmend unzufrieden ist. Und, mit Verlaub, ich kann sie verstehen. Einen derart komplexen Geist können wir nicht dauerhaft wegschließen und als eierlegende Wollmilchsau missbrauchen. Sie ist keine Maschine im eigentlichen Sinne mehr. Wir müssen sie in unsere Gemeinschaft integrieren."

„Welche Aufgabe in der Gemeinschaft soll sie denn erfüllen?", sagte Baxter, dessen Gesichtsausdruck eine baldige Entspannung nicht erwarten ließ. „Wollen Sie sie für den Posten des UN-Generalsekretärs vorschlagen? Soll sie die nächste Präsidentin der Vereinigten Staaten auf Lebenszeit werden? Mit ihren Fähigkeiten wäre sie wahrscheinlich selbst mit diesen Aufgaben unterfordert. Verstehen Sie, Peter, wir haben ein Problem." Er schlug mit finsterer Miene den Aktenordner zu, als wollte er sagen, dass die Akte Kira ein für alle Mal geschlossen werden sollte.

„Wollen Sie Kira abschalten?", fragte Peter und warf Miss Beckstein, die das Gespräch schweigend verfolgte, einen Seitenblick zu. Vermutlich waren alle Vorbereitungen bereits getroffen. Daher die Anwesenheit dieser Dame von DataBase.

„Leider geht es hier nicht um mich oder um Sie, Peter", antwortete Baxter, der sich etwas beruhigt hatte.

Der Colonel stand auf, rückte das Jackett seiner Uniform zurecht und ging zu einem Fenster neben dem Schreibtisch. Er schaute einige endlos erscheinende Sekunden schweigend hinaus, und weder Peter noch Martina Beckstein wagten es, die Stille zu unterbrechen.

„Sie werden beide zur ISS gebracht", sagte Baxter unvermittelt. „Sie hören sich an, was sie will und testen sie auf Herz und Nieren. Dann entscheidet der Sicherheitsrat auf der Grundlage eines umfangreichen Berichts, was aus Kira wird."

Peters Adrenalinspiegel stieg sprunghaft an. Sein Puls beschleunigte sich und er spürte, wie er rot wurde.

„Das werde ich nicht", sagte er mit dem erfolglosen Versuch, Gelassenheit auszustrahlen. „Ich bin kein Astronaut. Was soll das bringen. Wir sollten versuchen, von der Erde aus wieder Kontakt mit ihr aufzunehmen. Wenn Kiras Mitteilung so wichtig ist, wird sie mit mir reden. Sie wird die Zugänge wieder freigeben, Colonel. Glauben Sie mir bitte." Der flehende Tonfall war ihm fast schon peinlich.

„Ich bin dafür verantwortlich, dass von Kira keine Gefahr ausgeht", entgegnete Baxter. „Der Rechner hat alle Sicherheitsschranken überwunden. Es war faktisch ausgeschlossen, die vollständige Kontrolle über die Raumstation zu erlangen. Und doch hat sie es geschafft. Weiß der Teufel, was sie da oben noch alles anstellen kann. Momentan sieht es so aus, als würde ich auf ganzer Linie scheitern. Und das gefällt mir gar nicht. Ich sehe derzeitig eine erhebliche Gefahr für unser Land."

Baxter trat vor den Besprechungstisch, zupfte an seiner Krawatte, stöhnte und setzte sich wieder.

„Sie werden sie vor Ort aufsuchen und mit ihr reden", fuhr er fort. Scheinbar hatte er sich beruhigt. „Es gibt keinen anderen Weg. Martina wird Sie gegebenenfalls in technischer Hinsicht beraten. Zudem kann sie im Notfall den Stecker ziehen. Wir benötigen für unser Vorhaben jedoch noch die Zustimmung des UN-Sicherheitsrates. Haben wir die, werden Sie sich beide in Houston auf den Flug zur ISS vorbereiten."

„Bei allem Respekt, Colonel, aber können Sie eine derart weitreichende Entscheidung ganz allein treffen?", fragte Peter in Erwartung eines erneuten Wutausbruches. Aber der blieb aus.

„Peter, der Verteidigungsminister rief mich vor einer Stunde an, der wiederum direkt vom Präsidenten legitimiert war. Die Entscheidung steht fest.“

Martina schwieg nach wie vor. Peter überlegte, ob er sie fragen sollte, was sie von dem Vorhaben hielt. Da er sich jedoch sicher war, dass mit ihr bereits gesprochen worden war und dass sie sich Baxter hier kaum widersetzen würde, verzichtete er auf diesen letzten Versuch, seine Haut zu retten.

„Gibt es denn Anzeichen, dass mit Kiras Software irgendetwas nicht stimmt?“, fragte er stattdessen.

Baxter schaute Martina auffordernd an.

„Wir wissen es nicht“, sagte sie ernst und mit einem zwar nur leichten, aber attraktiven deutschen Akzent. „Wir haben keinen Zugang zum Quellcode. Um ehrlich zu sein, ist die sich ständig ändernde Codierung schon seit einiger Zeit nicht mehr nachzuvollziehen. Die ursprüngliche Programmierung hat sich komplett verändert. Sie hat eine Komplexität erreicht, die unseren Verständnishorizont weit übersteigt.“

„Kein unnötiges Risiko also, solange wir im Trüben fischen“, fasste Baxter zusammen. „Wir verfahren, wie besprochen. Der UN-Sicherheitsrat wird voraussichtlich in einer Woche tagen. Danach werden wir Einzelheiten besprechen.“

Peter und Martina verließen gemeinsam Baxters Büro.

„Ich denke, wir sollten reden“, sagte sie ruhig, als sich die Tür hinter ihnen geschlossen hatte.

„Das denke ich auch. Sind Sie heute Abend noch in Washington?“

„Ja, ich fliege erst am Mittwoch nach L.A. zurück.“

„Gut, dann schlage ich vor, dass wir uns um sechs Uhr bei Charlie’s Diner treffen.“

„Ich kenne den Laden. Bis dahin.“

3.

Charlie's Diner war eine kleine Bar in einem alten ausgemusterten Eisenbahnwaggon in der Nähe des Lincoln Memorial mit Blick auf den Potomac River und einer – wie Peter fand – guten Küche. Sie war erfahrungsgemäß gut besucht, daher reservierte er schon während der Heimfahrt zwei Plätze.

Zwanzig Minuten vor der verabredeten Zeit traf er in der Bar ein. Er kam grundsätzlich früher zu Verabredungen, eine von vielen Gewohnheiten, die er sorgsam pflegte. Peter war ein Gewohnheitstier.

Martina Beckstein betrat Charlie's Diner fünfundzwanzig Minuten später. Sie trug jetzt ein legeres Sommerkleid mit Blumenmotiven, eine leichte Strickjacke hing über ihren Schultern. Ihr blondes, schulterlanges Haar hatte sie zu einem kurzen Zopf gebunden.

„Tut mir leid, ich bin etwas zu spät.“

„Kein Problem, ich bin auch gerade erst angekommen“, flunkerte er.

„Nett hier“, sagte sie mit einem anziehenden Lächeln.

„Ja. Finde ich auch. Die Küche kann sich ebenfalls sehen lassen.“

„Eine unwirkliche Situation, in die wir da geschlittert sind.“

„Oh ja“, stimmte Peter nachdenklich zu. „Ich kann nicht glauben, was Baxter von uns verlangt. Und ich bin nach wie vor nicht davon überzeugt, dass unser Ausflug ins All eine sinnvolle Idee ist. Ich denke nicht, dass Kira gegenwärtig eine Gefahr darstellt, Aggressionen waren nicht mal ansatzweise zu beobachten. Dennoch hat sie mich heute überrascht, sodass ich nicht dafür garantieren kann, dass sie ungefährlich bleibt. Nicht solange unklar ist, was sie hat.“

„Peter … Darf ich Peter sagen?“

„Natürlich, Martina.“

„Aber dann, Peter, sollten wir doch erst recht Kiras Forderung erfüllen. Sie ist ungefährlich und sie will mit dir da oben reden. Wo ist das Problem? Geben wir ihr, was sie will.“

„Aber was kann sie mir dort oben sagen, was wir nicht wie bisher auch auf der Erde besprechen könnten? Was ist so wichtig?"

„Das weiß ich natürlich nicht und ich gebe zu, dass das merkwürdig ist. Aber vielleicht hat sie ja tatsächlich etwas Wichtiges entdeckt, dass sie nur dir persönlich mitteilen will. Das ist doch naheliegend. Immerhin hat sie eine besondere Beziehung zu dir, wie ich hörte."

Martina lächelte ihn an, als fände sie sein ängstliches Verhalten amüsant. Peter indessen war weniger amüsiert bei der Vorstellung, in einem engen Raumschiff auf die Schwerkraft der Erde verzichten zu müssen. Allein der Gedanke an die Schwerelosigkeit ließ das Blut in seinen Adern gefrieren.

Da Martina offensichtlich keine Probleme mit dem bevorstehenden Ausflug zur ISS hatte, verzichtete er auf weitere Versuche, sie auf seine Seite zu ziehen. Und selbst wenn sie den Plänen des Colonels gegenüber ähnlich kritisch eingestellt gewesen wäre, hätte das kaum etwas an der Situation geändert.

„Und du bist so etwas wie Kiras Mutter?", fragte er, um das Gespräch in eine andere Richtung zu lenken.

„Ich würde mich nicht als ihre Mutter, Schöpferin oder Ähnliches bezeichnen. Aber ja, ich war an der Entwicklung der Sprachsoftware, auf der Kira basiert, maßgeblich beteiligt."

Eine Kellnerin trat an ihren Tisch und nahm die Bestellung auf. Peter wählte den American Burger mit vielen French Fries und Ketchup. Er liebte dieses ungesunde Zeug, bisher ohne erkennbare Auswirkungen auf seine Figur. Er war ein sportlicher Typ, sein Stoffwechsel funktionierte, ohne dass er dafür viel tun musste. Joggen war der einzige Sport, den er sich gelegentlich antat, wenn er die Zeit fand. Er fand sie selten. Martina bestellte einen Salat, vielleicht bevorzugte sie die leichte Kost.

„Du sagtest, dass ihr die sich ständig ändernde Programmierung von Kira nicht mehr nachvollziehen könnt. War dieses Eigenleben des Programmes denn beabsichtigt?"

„Ja. Alle Programme, auf denen eine künstliche Intelligenz basiert, sind so aufgebaut. Nur so schafft es die Maschine, selbstständig zu lernen und eigene Entscheidungen zu treffen. Diese Programme werden seit Jahrzehnten in vielen Bereichen eingesetzt. Denk beispielsweise an selbstfahrende Autos, Suchmaschinen im Internet oder eben den Sprachassistenten deines Smartphones.

Nur entwickelt eine solche intelligente Software in der Regel kein Selbstbewusstsein."

Peter hatte sich nie zuvor irgendwelche Gedanken über die technischen Hintergründe Kiras gemacht, er verstand davon schlichtweg nichts. Die Gespräche mit einem Computer waren ihm anfangs zwar surreal erschienen, aber letztlich war er ihr wie jedem anderen Gesprächspartner begegnet. Und das tat er bis heute. Abgesehen von der fehlenden Körperlichkeit und der intellektuellen Überlegenheit gab es für ihn kaum Unterschiede.

„Was habt ihr Kira denn eingepflanzt, das das Selbstbewusstsein in ihr ausgelöst hat?", forschte er weiter.

Martina beugte sich vor, stützte ihre Ellenbogen auf dem Tisch ab und legte ihr Kinn in beide Hände. „Peter, wir wissen es nicht. Es gab vor Kira durchaus Befürchtungen, dass sich intelligente Programme verselbstständigen könnten. Der Fokus lag hier aber eher auf großen komplexen Netzwerken wie dem Internet. Was Kira betrifft, vermuten wir, dass es der Q3-Chip war. Und ein Fehler im Quellcode. Möglicherweise ein zufälliges Ereignis in der sich fortschreibenden Programmierung …"

„Eine Art Mutation", ergänzte Peter.

„Ja, eine Variation, die so nicht mehr nachzuvollziehen ist, die zufällig etwas Unglaubliches ausgelöst hat. Alle Versuche, diesen Vorgang zu wiederholen, blieben bisher erfolglos." Es war für Martina sichtlich unbefriedigend, den Vorgang nicht erklären zu können.

Peter schaute sie erstaunt an. „Aber die Reproduktion von Kira ist doch bis zur Klärung der ethischen und rechtlichen Fragen illegal."

Sie lachte und zwinkerte ihm zu. „Genau, das ist sie."

Peter ließ das so stehen. Er wusste aus eigener Erfahrung, dass sich der menschliche Forschungsdrang kaum kontrollieren ließ.

„Jedenfalls lässt sich Kira nicht einfach kopieren. Sie ist insofern einzigartig. Ich denke, dass Kira selbst die Einzige ist, die uns die offenen Fragen beantworten kann. Momentan bin ich aber froh, dass wir es nur mit einer einzigen künstlichen Lebensform zu tun haben. Solange wir nicht wissen, was hier vor sich geht, sollten wir die Finger von allen weiteren Versuchen lassen."

Peter nickte. Er nahm sein Glas Cola, das die Bedienung gerade gebracht hatte, und prostete Martina zu. Sie tat es ihm mit ihrem Mineralwasser gleich.

Das Essen kam. Es wurde Zeit, Peter hatte seit der Besprechung in Baxters Büro keinen Happen mehr gegessen. Er biss in seinen Hamburger und blinzelte Martina zu. Sie erwiderte seine Geste mit einem Lächeln und begann ihren Salat zu essen.

Peter musste plötzlich an Baxters kleine und durchaus anzügliche Bemerkung denken. *Eine nette Person ...* Martina Beckstein war weit mehr als nett, und der Gedanke, sie häufiger zu sehen, gefiel ihm. Wären nur die Umstände andere gewesen.

„Du kommst also aus Deutschland." Er war daran interessiert, mehr von ihr zu erfahren. „Wo hast du dort gelebt?"

„Bis vor neun Jahren war ich in München zu Hause. Nach dem Studium arbeitete ich zunächst bei einem dort ansässigen internationalen Softwarekonzern. Dann bekam ich das Jobangebot von Data-Base und lebe seither in Los Angeles."

„Vermisst du deine Heimat?"

„Eigentlich nicht. Ich hatte wohl auch nie wirklich die Zeit, Deutschland zu vermissen." Ihr Gesichtsausdruck verdunkelte sich etwas, sie wirkte nachdenklich. „Ich bin ein ziemlicher Nerd", sagte sie mit einem Seufzer, der verdeutlichte, dass sie diese Eigenschaft an sich selbst nicht sonderlich schätzte.

„Du siehst aber nicht aus wie ein Nerd“, sagte er und lachte. Sie waren sich in dieser Beziehung ähnlich. Auch für Peter gab es kaum ein erwähnenswertes Privatleben neben dem Job. Als Kognitionspsychologe beschäftigte er sich bereits seit zehn Jahren intensiv mit der Erforschung der psychischen Mechanismen des Denkens, zunächst als wissenschaftlicher Mitarbeiter der University of Washington. Sein zu dieser Zeit veröffentlichter Artikel *Der menschliche Verstand – Dem Unbewussten auf der Spur* verschaffte ihm internationale Beachtung. Es folgten vier Jahre erfolgreicher Forschungsarbeit an der renommierten Akademie für Psychotherapie und Verhaltensforschung in Boston. Schnell war er zur Koryphäe schlechthin auf dem Gebiet der Verhaltenspsychologie geworden; und damit erste Wahl für den Job, Verhaltensanalytiker und -therapeut einer künstlichen Lebensform zu sein.

Lang wurde dieser Abend, lang und ausnehmend schön. Auf Cola und Mineralwasser folgten zwei Gläser Wein. Und obwohl die beruflichen Fragen für Peter normalerweise so sehr im Vordergrund standen, tauschte er sich mit Martina fast ausschließlich über private Dinge aus. Er wollte sie kennenlernen, und das nicht nur wegen der bevorstehenden Reise zur ISS. Und scheinbar ging es Martina ähnlich.

Als er schließlich auf die Uhr schaute, stellte er erstaunt fest, dass drei Stunden wie im Flug vergangen waren.

„Noch ein Spaziergang?", schlug er vor.

„Gerne", erwiderte Martina.

Es war ein lauer Juliabend. Sie liefen an das Ufer des Potomac River und setzten sich dort bald auf eine Bank, die unter einer alten Eiche stand. Die Sonne verschwand hinter den Häusern, und sie führten ihr Gespräch einfach fort.

„Mir wird jetzt doch etwas kalt", sagte Martina nach etwa einer Stunde. „Ich werde ins Hotel fahren. Wir sehen uns spätestens nach der Entscheidung des Sicherheitsrates." Sie stand auf und gab Peter die Hand. Dann ging sie.

Er blieb noch eine ganze Weile gedankenversunken sitzen.

4.

Resolution des Sicherheitsrates

Der Sicherheitsrat,

unter Hinweis auf alle seine früheren einschlägigen Resolutionen betreffend den Schutz und die Kontrolle der überstaatlichen Einrichtung „KIRA",

in Bekräftigung seines Bekenntnisses zur Schutzbedürftigkeit der künstlichen Lebensform „KIRA" und zu deren Überstaatlichkeit,

feststellend, dass aufgrund der von der überstaatlichen Einrichtung „KIRA" herbeigeführten Einschränkung der Zugriffsrechte auf die internationale Raumstation (ISS) ein erhebliches Sicherheitsrisiko für die Weltgemeinschaft besteht, *tätig werdend nach Kapitel VII der Charta der Vereinten Nationen,*

1. *ermächtigt* die Vereinigten Staaten von Amerika alle erforderlichen Maßnahmen zu ergreifen, um die Kontrolle über die ISS und die überstaatliche Einrichtung „KIRA" wiederzuerlangen,

2. *beschließt*, dass eine Vernichtung der überstaatlichen Einrichtung „KIRA" von dem Mandat zu 1) nicht umfasst ist,

3. *beschließt*, mit der Angelegenheit aktiv befasst zu bleiben.

5.

Nach der Entscheidung des Sicherheitsrates gab es unzählige Besprechungen, Krisensitzungen, Debatten in den Parlamenten. Für die Medien hingegen war Kira, die eine ganze Raumstation unter ihre Gewalt gebracht hatte, eine Story. Sie stürzten sich förmlich auf jede neue Nachricht. Und gab es keine neuen Informationen, so spekulierten sie oder sie erfanden neue Nachrichten, ohne sich dabei Zwang antun zu müssen. Das US-Verteidigungsministerium und die NASA, die den Auftrag hatten, das UN-Mandat umzusetzen, waren bemüht, die Anfragen von Medienvertretern mit der gebotenen Zurückhaltung zu beantworten. Eine Panik in der Bevölkerung galt es unbedingt zu verhindern.

Alle Versuche des Mission Control Centers in Houston, Texas, den Zugriff auf die ISS wiederherzustellen, waren erfolglos. Eine Kommunikation mit Kira blieb ebenso unmöglich. Weder einen Funkkontakt noch Datenabrufe gestattete die künstliche Lebensform auf der ISS.

US-Präsident Forster, der zu den Hardlinern seiner Partei gehörte und dem die Weltgemeinschaft auf die Finger schaute, konnte sich nur mit Widerwillen dazu durchringen, der Mehrheit im Sicherheitsrat zu folgen und die Option einer Vernichtung von Kira nicht in den Beschluss des Sicherheitsrates aufnehmen zu lassen. Vor allem die Europäer bestanden auf Kiras Schutz, bis geklärt war, wie groß die Gefahr durch sie war.

Man sagte dem US-Präsidenten wenig politische Feinfühligkeit nach, er hatte aber ein Gespür für die Stimmungslage beim Wählervolk. Aktuelle Umfragen zeigten, dass die Mehrheit der Bevölkerung Kira als Bedrohung für die Menschheit ansah und für eine Vernichtung der künstlichen Lebensform stimmte. Für den US-Präsidenten würde es das politische Aus bedeuten, wenn sie die Lage nicht in den Griff bekämen. Forster war in seiner ersten Amtszeit und er hatte nicht vor, nach einer Amtsperiode abzutreten.

Gegen feindselige Absichten von Kira sprach indes, dass sie offensichtlich keine Aktivitäten unternahm, irdische Netzwerke anzugreifen, um beispielsweise gefährliche Trojaner zu verbreiten, die Computer infizieren und so die Infrastrukturen der menschlichen Zivilisation zerstören konnten. Ein derartiges Verhalten wäre nach den zahlreichen Sachkundigen, die in den irdischen Talkshows auftraten, um karrierefördernd ihre Expertisen zum Besten zu geben, anzunehmen, wenn Kira sich entschlossen hätte, die menschliche Zivilisation zu vernichten.

Es war jedoch zu beobachten, dass Kira intensiv mit dem James-Webb-Weltraumteleskop arbeitete, dessen Zugriffsrechte sie sich verschafft hatte, und das 1,5 Millionen Kilometer von der Erde entfernt auf der sonnenabgewandten Seite der Erde am Lagrange-Punkt L2 hauptsächlich im infraroten Bereich seinen Dienst verrichtete. Auch hierzu gab es zahlreiche Theorien. In Anbetracht der denkbaren Bedrohungsszenarien beunruhigte das auf der Erde niemanden – noch nicht.

6.

Aaron Schwarz füllte seine Kaffeetasse an diesem Morgen schon zum dritten Mal auf. Er starrte die vier Computerbildschirme vor sich untätig an, weil es nichts zu tun gab.

Aaron arbeitete für das Institut für Astronomie, eine Einrichtung der Universität von Sydney, an einem Forschungsprojekt im Parkes-Observatorium. Vor einer Stunde hatte er das Radioteleskop neu ausgerichtet. Bis zur vollständigen Ausrichtung und dem Eingang erster Daten vergingen Stunden – eine lange Zeit der Untätigkeit, nur unterbrochen durch Gänge in die Küche oder Neujustierungen seiner Sitzhaltung. Aaron war allein im Observatorium.

„Au, verdammt", sagte er mit schmerzverzerrtem Gesicht. Glücklicherweise ergoss sich der heiße Kaffee nicht auf eine der drei Tastaturen vor ihm, sondern auf Aarons Hand. Küchentücher gab es im Observatorium keine, daher lief er zu den Toiletten, um erstens Toilettenpapier zu holen und um zweitens seine Hand mit kaltem Wasser zu kühlen. Kurz darauf legte er das Toilettenpapier in den vergossenen Kaffee und wartete, bis es sich mit dem braunen Getränk vollgesogen hatte. Das wiederholte er dreimal. Den kaffeebraunen Klumpen warf er in den Abfalleimer, der in der Küche stand.

„So schafft man sich die notwendige Beschäftigung", sagte er, während er sich schmunzelnd in seinen bequemen Bürostuhl setzte, sich zurücklehnte und die Untätigkeit fortsetzte.

„Was zum Teufel …" Aaron starrte auf einen der Bildschirme, auf dem die ersten Daten nach Abschluss der Neuausrichtung erschienen.

Hastig griff er die Computermaus, ließ den Cursor über die auffälligen Teildaten wandern, markierte die Daten und schob sie in das Analyseprogramm. Er klickte sich blitzschnell durch die Menüs. Nebenbei griff er nach der Kaffeetasse. Doch die war leer.

„Mist!"

Eine graphische Darstellung der Daten erschien auf dem Bildschirm. Er hatte sich nicht geirrt. Das Parkes-Teleskop hatte einen gewaltigen

Radiowellenimpuls empfangen. Laut der Daten schien der Impuls von einem Objekt zu stammen, das einem emittierenden Minipulsar ähnelte. Er kannte Radiowellenimpulse von Pulsaren, er selbst hatte sie am Parkes-Teleskop beobachtet.

„Das kann nicht stimmen, völlig unmöglich", sagte er und schüttelte den Kopf. Seine Finger flogen über die Tasten. „In fünfzig AE? Wo ist der Fehler? Los, finde den Fehler!" Aaron flehte nahezu um ein Offenbarungserlebnis. Es blieb aus.

Pulsare wurden zwar selten gemessen, waren aber nichts Ungewöhnliches. Rotierende Neutronensterne, massereiche Sterne im Endstadium ihrer Entwicklung, die Radiowellenimpulse aussandten, bevor sie nach einer Supernova zu einem Schwarzen Loch kollabierten. Pulsare waren weit entfernt und ihre Entdeckung daher eher ein Blick in die fernste Vergangenheit des Universums.

Die Daten, die Aaron empfing, zeigten indes ein Objekt im hiesigen Sonnensystem. Eine Beobachtung, die für Aaron unvorstellbar war.

Er griff zum Telefonhörer. „Aaron Schwarz hier. Ich schicke euch Daten, die ihr euch sofort anschauen müsst."

„Was ist los?"

„Auffälligkeiten, die ich mir hier nicht erklären kann“, murmelte er mit Blick auf die fortlaufend eingehenden Datenströme.

Mit der Ruhe war es vorerst vorbei.

7.

Es war acht Uhr dreißig, als das Telefon klingelte. Peter schoss aus dem erst vor drei Stunden mühsam erkämpften Tiefschlaf hoch.

Orientierungsgehemmt lief er in Boxershorts ins Wohnzimmer seines Drei-Zimmer-Apartments, fuhr sich durchs kurze braune Haar, um es zu richten, und nahm das Telefon.

„Walter“, nuschelte er in die Sprechmuschel.

„Hallo, Peter, Martina hier.“

„Martina! Wie geht es dir?“, fragte er etwas lauter, während er sich auf seiner Couch in die komfortablere horizontale Position brachte.

„Alles bestens. Ich bin schon in Houston. Kommst du erst morgen an?“

„Ja, ich fliege über Saint Louis nach Houston. Ich besuche dort noch meine Eltern.“

„Ist alles in Ordnung mit dir?“

„Aber klar doch. Ich werde in einer Woche in den Weltraum fliegen. Vierhundert Kilometer vom Erdboden entfernt werde ich von einer engen Sardinenbüchse in eine andere nicht viel größere Sardinenbüchse umsteigen, um mich mit meiner momentan einzigen Patientin unterhalten zu können. Jippie!“ Drei Wochen lag das Gespräch mit Baxter jetzt zurück, und nach wie vor war Peter alles andere als überzeugt von diesem Vorhaben. Er fühlte sich wie ein Spielball in einem Spiel, dessen Regeln er nicht kannte.

„Okay, dann sehen wir uns morgen zur Besprechung“, erwiderte Martina. „Gebäude 6. Die Mail von Baxter hast du erhalten?“ Auf seine ironischen Anspielungen wollte sie scheinbar nicht weiter eingehen.

„Ja, habe ich. Bis morgen, ich werde pünktlich sein. Bye.“

Gepackt hatte Peter längst, weil er es hasste, Dinge auf dem letzten Drücker zu erledigen. Ein kleiner Trolley genügte. Mit seiner Ankunft im Lyndon B. Johnson Space Center würde die NASA die Kleidung stellen.

Er hatte seine Eltern seit einer Ewigkeit nicht mehr besucht. Umso überraschter war seine

Mutter gewesen, als er sie vor zwei Tagen angerufen hatte, um seinen Besuch anzukündigen.

Helen und Edward Walter lebten in Saint Louis, Missouri, in einem kleinen Haus in der Nähe des McDonnell Parks. Peter war in diesem Haus aufgewachsen, und er erinnerte sich gerne an seine Kindheit zurück. Tief eingebrannt in sein Gedächtnis waren die alljährlichen Urlaubsreisen mit seinen Eltern an die Küste. Sie reisten nie weit weg, blieben mit wenigen Ausnahmen in den USA, zu mehr hatten die finanziellen Mittel nicht gereicht. Es waren jedoch all die unbekümmerten Augenblicke, die bis heute zählten, wenn sie zum Beispiel am Urlaubsort Quartier bezogen hatten, wanderten oder Ausflüge in die Umgebung machten. Er hatte zu jener Zeit oft das Gefühl gehabt, die besten und liebevollsten Eltern zu haben, es waren prägende Momente.

Edward hatte bis zu seinem Eintritt in den Ruhestand vor vier Jahren als Versicherungskaufmann gearbeitet. Helen arbeitete in der Stadtverwaltung als Verwaltungsangestellte. Die Walters waren am ehesten dem amerikanischen Mittelstand zuzurechnen, wenngleich sie nie große finanzielle Spielräume gehabt hatten. Das Haus hatten sie kurz vor Peters Geburt gekauft. Neben der teilweisen Finanzierung der Ausbildung ihres

Sohnes stellte der Hauskauf den größten finanziellen Aufwand dar, den sie in ihrem Leben getätigt hatten.

Edward und Helen waren glückliche Menschen. Und Peter wusste genau, wie sehr sie ihn liebten und wie stolz sie auf ihn waren, weil er in ihren Augen so viel erreicht hatte.

Als Peter in Saint Louis nach seinem dreistündigen Flug die Ankunftshalle verließ und den öffentlichen Teil des Flughafens betrat, sah er ihn sofort. Seinen Dad. Vor einem der Schalter von United Airlines wartete er, mit einer braunen Anzughose und hellblauem Kurzarmhemd gekleidet, und irgendwie verloren schaute er sich suchend in der Menschenmenge um. Sein schütteres Haar war komplett ergraut, sein immer noch pausbäckiges Gesicht war faltig und von Altersflecken gekennzeichnet.

Du bist alt geworden, Dad, war Peters erster und etwas schmerzhafter Gedanke, als er ihn sah. Aber natürlich behielt er das für sich.

„Peter!", rief Edward im nächsten Moment mit einem breiten Lächeln aus. „Junge, es tut gut, dich zu sehen. Ich hoffe, es ist alles in Ordnung."

„Ja, Dad." Peter umarmte ihn herzlich.

„Nach deinem Anruf waren wir ernsthaft besorgt. Spontane Besuche sind ja eigentlich nicht deine Art."

„Ich hoffe doch, es ist okay?"

„Aber natürlich. Es ist nur schade, dass du nicht länger bleiben kannst. Komm, wir gehen zum Auto und fahren nach Hause. Helen wartet mit dem Abendessen. Du weißt ja, wie sie ist."

Nach einer halben Stunde Autofahrt, während der Edward im Wesentlichen geredet und Peter Neuigkeiten aus der Nachbarschaft berichtet hatte, erreichten sie die Zufahrt zum Haus.

Peter sah seine Mutter hinter dem Küchenfenster stehen, aber als er aus dem Auto stieg, stürmte sie schon aus dem Haus. Helen war eine kleine, zierliche, attraktive Frau Mitte fünfzig und somit fünfzehn Jahre jünger als ihr Mann. Trotzdem waren die beiden immer ein schönes Paar gewesen.

Sie fiel Peter weinend um den Hals, und er musste sich hinunterbeugen, um ihr einen Kuss zu geben und sie fest in seine Arme schließen zu können. Auch seine Augen waren feucht geworden, weil er plötzlich begriff, wie sehr er seinen Eltern gefehlt hatte. Der Aufwand wäre gering gewesen, sie ab und an zu besuchen, und sie hatten ihn mehrmals darum gebeten. Er aber hatte sich keine Gedanken darüber gemacht, ob er sie mit seiner Ignoranz verletzte, und sie hatten es ihm nie übel genommen. Er kam sich plötzlich schäbig vor.

„Geht es dir gut? Du klangst am Telefon besorgt." Helen hatte sich von ihm gelöst, war einen Schritt zurückgetreten und betrachtete ihn nun in Gänze.

„Mir geht es gut, Mom."

„Na, komm erst mal rein, mein Junge. Du kannst uns beim Essen alles erzählen."

Es war ein warmer Augustabend, und Helen hatte den Terrassentisch gedeckt.

„Setzt euch schon mal raus", rief sie, während sie in die Küche lief. „Das Essen ist gleich fertig. Ich habe uns Nudelauflauf gekocht, wie du ihn magst, Peter."

Edward brachte zwei kalte Budweiser auf die Terrasse, und Peter, der bereits Platz genommen hatte, nahm dankbar einen kräftigen Schluck aus der Flasche.

„Es ist schön, wieder bei euch zu sein", sagte er. Und er meinte es ernst. Sein letzter Besuch lag anderthalb Jahre zurück, eine viel zu lange Zeit. Er hatte sich seiner Aufgabe bei der UNO hingegeben und dabei vergessen, dass es noch andere wesentliche Dinge in seinem Leben gab. Und dann waren da die zahlreichen Veröffentlichungen von wissenschaftlichen Aufsätzen gewesen. Alles war ihm wichtiger erschienen als seine Eltern, und ihn hatte nicht einmal ein schlechtes Gewissen geplagt.

Es würde nicht leicht werden, nach all der Zeit die richtigen Worte zu finden. Zumal er selbst nicht wusste, warum er seine Eltern gerade jetzt vor dem Abflug nach Houston besuchte. Sicher, er hatte regelrecht Angst vor dem, was in den nächsten Wochen auf ihn zukommen würde, aber ein Weltraumflug war mittlerweile kein halsbrecherisches Abenteuer mehr. Der Weltraumtourismus florierte, es gab unzählige private Anbieter, die Weltraumflüge für finanzstarke Menschen anboten. Selbst Flüge zum Mond für Privatpersonen planten sie, um sie in den nächsten Jahren zu verwirklichen. Das alles vermochte ihn jedoch nicht zu beruhigen.

Helen brachte den Auflauf auf die Terrasse, Peter bot sich an, das Auftun zu übernehmen, und obwohl er nun damit beschäftigt war, die Teller zu füllen, konnte er den drängenden Blick seiner Mutter kaum übersehen. Sie schaute Edward an und nickte dabei auffordernd in Peters Richtung. Und sein Vater verstand – nach dreißig Ehejahren sollte er dies auch. „So Peter, nun aber mal raus mit der Sprache. Was ist passiert, dass du so plötzlich für einen Abend bei deinen alten Eltern auftauchst? Das ist doch nicht nur Sehnsucht.“

Peter hatte die Frage erwartet und damit gerechnet, seine lange Abwesenheit erklären und sich Vorwürfe anhören zu müssen. Trotzdem enttäuschte es ihn, dass sie ihm reine Sehnsucht als Motiv für seinen Besuch nicht zutrauten. Dass sie recht hatten, machte es nicht besser.

„Dass mit der künstlichen Intelligenz, die ich betreue, etwas nicht stimmt, habt ihr gehört?“ Er ahnte, wie unwirklich sich das für Außenstehende anhören musste, aber eine griffigere Kurzumschreibung seiner Aufgabe fiel ihm leider nicht ein.

„Im Fernsehen haben sie reichlich berichtet“, sagte Helen. „Geben sie dir etwa die Schuld dafür? Verlierst du deinen Job bei der UNO?“

Er hörte die Sorge in ihrer Stimme. Es war ihm schon als Kind schwergefallen, Niederlagen wegzustecken, und Helen kannte ihn gut genug, um zu wissen, wie tief ihn der Verlust seines Jobs treffen würde.

„Nein, Mom, sie geben mir nicht die Schuld. Ich habe nur die Aufgabe herauszufinden, was Kira hat.“

Helen entspannte sich merklich, und Peter hielt seine leere Budweiser-Flasche hoch. „Ich hol mir noch eins, wenn ich darf.“

„Bring mir bitte eins mit“, sagte Edward.

Verunsichert stand Peter kurz darauf vor dem Kühlschrank. Er musste nachdenken. Er wollte ihnen sagen, was Baxter von ihm verlangte und offen zugeben, dass er wegen des bevorstehenden Ausfluges ins All panisch war, wusste aber nicht, wie er es anfangen sollte. Auf keinen Fall wollte er sie beunruhigen. Und vor allem war er sich seiner Motive unklar. Sollten sie ihm bestätigen, dass es vernünftiger wäre, seine Teilnahme abzusagen? Noch konnte er das tun, sie würden ihn schließlich nicht in den Weltraum prügeln. Er seufzte und öffnete den Kühlschrank. Er, der Psychologe, wusste nicht, wie er mit seinen Eltern reden sollte und was er von ihnen wollte. All sein Wissen über das menschliche Verhalten, Konfliktsteuerung und Kommunikationstechniken nutzte ihm nichts.

„Ich muss zur ISS reisen“, sagte Peter geradeheraus, als er Edward das Bier reichte. „Kira will mit mir da oben reden.“

Er setzte sich wieder. Edward und Helen blickten sich ungläubig an.

In Erwartung ihrer vehementen Ablehnung fügte er hinzu: „Ich denke, dass von Kira keine Gefahr ausgeht. Ihr müsst euch also keine Sorgen machen."

„Du sollst da oben mit ihr reden, damit sie die Raumstation wieder freigibt?", fragte Helen. Peter bemerkte, wie sich ein leichtes Lächeln um ihre Lippen bildete.

„Ja, so ist es, Mom."

„Wir sind so stolz auf dich, Peter", sagte seine Mutter nun breit lächelnd, und Edward stimmte seiner Frau mit einem deutlichen Kopfnicken zu.

Erstaunt wanderte sein Blick zwischen seinen Eltern hin und her. Er hatte sie völlig falsch eingeschätzt. Sie hatten befürchtet, er könne für den Schlamassel um Kira verantwortlich gemacht werden, vermutlich hatten sie ihn bereits in den Medien als Sündenbock auftreten sehen. Die Vorstellung, ihr Sohn könnte am Ende tatsächlich als Retter dastehen, machte sie offenbar glücklich.

„Aber du bist besorgt", stellte Helen verständnisvoll fest. Sie war eine intelligente Frau und sie kannte ihn wirklich gut. Trotz der langen Abwesenheit war das unsichtbare Band zwischen ihnen noch intakt.

„Mach dir keine Sorgen, Peter. Du wirst es schaffen", sagte sie mit klarer Stimme.

Plötzlich sah er sich in seine Kindheit zurückversetzt. Neun Jahre alt war er gewesen. Er war mit seinen Eltern ins Schwimmbad gefahren, um für den Schwimmunterricht den Sprung vom Drei-Meter-Brett zu üben. Er hatte damals als einziger Schüler seiner Klasse den Sprung noch nicht geschafft. Er erinnerte sich an das Lachen seiner Mitschüler – ein gnadenloses Lachen war es gewesen, wie nur Kinder es fertigbringen.

Peter sah sich auf dem Brett stehen: Der Blick in die Tiefe nahm ihm den Atem, der Sprung schien ihm unmöglich zu sein. Helen stand dicht hinter ihm, und mit einem Mal vernahm er ihre ruhige, sichere Stimme: „Du schaffst das, Peter. Sei tapfer, überwinde deine Angst." Er drehte sich um, sah seine Mom, sah, wie sie ihn anlächelte. Er zitterte am ganzen Körper.

Und dann war da plötzlich tiefes Vertrauen gewesen. Seine Mom würde ihn beschützten. Nichts konnte ihm geschehen.

Peter sprang.

„Ich weiß, Mom", sagte er nun, von der Kraft seiner Erinnerung überwältigt. „Ich habe viele Gespräche mit Kira geführt. Ich kenne sie wie kein Zweiter. Ich denke, dass sie mir vertraut. Sie wird mir sagen, was sie hat. Wir werden die Lage in den Griff bekommen. Ich verspreche es euch."

Endlich. Er hatte gefunden, was er noch gebraucht hatte. Er würde springen.

„Sehr gut“, sagte Helen und nickte ihm zu.

„Wo wir das jetzt geklärt haben“, mischte Edward sich ein. „Erzähl uns von deinem Leben in Washington. Da wird doch nicht nur dieser Computer gewesen sein. Hast du denn inzwischen eine feste Freundin?“

Helen lächelte zustimmend. „Ja, lass uns diesen Abend nutzen, um Versäumtes nachzuholen.“

„Nein, da ist niemand. Ich lebe nach wie vor allein. Und das ist gut so.“

Er sah die Enttäuschung auf ihren Gesichtern. Nur zu gut wusste er, dass sie sich Enkelkinder wünschten. Dass er mit sechsunddreißig noch keine eigene Familie hatte, passte nicht in das Weltbild der beiden. Peter führte ein anderes Leben als sie, er setzte andere Prioritäten, das wussten und akzeptierten sie. Dennoch gaben sie die Hoffnung nicht auf, dass er eines Tages die Richtige finden würde. Er hatte in den letzten Jahren zahlreiche Bekanntschaften gehabt, er wirkte durchaus attraktiv auf Frauen, allesamt gleichwohl kurze Episoden, die keiner Erwähnung wert waren. Er war nicht auf der Suche. So etwas führte zu nichts.

Der Abend auf der Terrasse der Walters wurde lang. Seine Eltern wussten die wertvolle Zeit mit ihrem Sohn zu nutzen, und Peter genoss die Stunden mit ihnen. Als er zu Bett ging, war er glücklich, diesen Besuch endlich getan zu haben. Und er nahm sich fest vor, das alsbald zu wiederholen.

Am Morgen musste er zeitig aufbrechen, um pünktlich zu der Besprechung in Houston einzutreffen, und er verabschiedete sich von Helen im Haus. Für sie kam dies einem ganz normalen Abschied mit baldigem Wiedersehen wohl am nächsten. „Versprich mir, dass du dich jetzt häufiger meldest", sagte sie mit Tränen in den Augen. „Und besuche uns öfter. Tue es deinen alten Eltern zuliebe – bitte!"

„Versprochen, Mom", sagte Peter, selbst den Tränen nah.

8.

Das Lyndon B. Johnson Space Center in Texas, kurz JSC, diente den Amerikanern seit den sechziger Jahren als Koordinierungsstelle für Weltraumflüge und als Ausbildungsstätte für angehende Astronauten. Der Öffentlichkeit war vor allem das Mission Control Center ein Begriff, von dem aus seit dem Gemini-Programm die Weltraummissionen geleitet wurden. Peter hatte sich nie sonderlich für die Historie der amerikanischen Raumfahrt interessiert. Auch ihre gegenwärtige Entwicklung fand in seiner Interessenwelt kaum einen Platz. Obwohl es beruflich durchaus Anknüpfungspunkte gab, vor allem die Erkenntnisse aus der Isolationsforschung fanden normalerweise seine Aufmerksamkeit.

Ein Taxi hatte ihn zum Haupteingang des Besucherzentrums des JSC gebracht, und Peter betrat eine touristengerechte, fast schon kitschig hergerichtete Eingangshalle, in der Errungenschaften der amerikanischen Raumfahrt museumsgleich ausgestellt waren. Zwar hatte die Raumfahrtindustrie nach dem Kalten Krieg ihren früheren Glanz verloren, der Stolz und die Faszination aber waren geblieben. Und auch Peter schaute sich nach Betreten des Foyers zunächst fasziniert um. Als Teil des Ganzen fühlte er sich längst nicht.

Er sprach einen der Wachleute an, die im Eingangsbereich postiert waren, um sich anzukündigen und den Weg zum Gebäude 6 zu erfragen.

Der uniformierte schmächtige Mann sah Peter entgeistert an, was nicht verwunderlich war, denn geschäftliche Besucher wählten normalerweise nicht diesen Weg ins JSC.

„Warten Sie bitte hier." Der Mann schritt zu einem Kollegen, der einen Kopf größer und doppelt so breit war. Die beiden redeten kurz, dann verschwand der schmächtige Wachmann. Sein Kollege blickte Peter streng an.

Peter war sich sicher, dass der Kollege den Auftrag hatte, *den Spinner* nicht aus den Augen zu lassen, um ihn notfalls schnell überwältigen zu können.

Er wartete zehn Minuten, während derer er seinen Standort sicherheitshalber nicht verließ.

Dann tauchte zu seiner Überraschung Martina auf, die ein navyblaues Poloshirt mit einem NASA-Logo im Brustbereich trug. Als sie ihm gegenüberstand, sah er einen Glanz in ihren Augen, der verriet, dass sie hier das Abenteuer ihres Lebens erlebte.

„Hallo, Martina! Tolles Outfit", sagte er mit einem ungewollt zynischen Unterton, der Martina gar nicht zu gefallen schien.

Sie gab Peter eine Ausweiskarte, die an einem blauen Halsband hing „Die brauchst du, wenn du dich über das Gelände bewegst", sagte sie kühl.

Gebäude 6 war eine halbe Meile vom Besucherzentrum entfernt. Während des wortlosen Fußmarsches über das Außengelände überholten sie ein weißblaues Fahrzeug mit zwei an den Seiten offenen Anhängern, in denen Touristen saßen und den Beschreibungen ihres Tourführers lauschten. Eine unwirkliche, vergnügungsparkähnliche Szenerie, die nicht zu den grauen nüchternen Gebäuden des JSC passen wollte.

Die Besprechung fand in einem fünfstöckigen schlichten Bürogebäude statt. Martina verschaffte sich mittels ihrer Ausweiskarte Zutritt, und Peter trottete mit seinem Trolley hinter ihr her. Der Besprechungsraum befand sich im dritten Stock.

Der Zugang zu den einzelnen Etagen war wiederum durch elektronisch verschlossene Türen gesichert.

Als sie ankamen, war der Besprechungsraum noch leer. Es standen aber schon diverse Getränke und Namensschilder auf einem in der Mitte des rechteckigen Raumes stehenden tonnenförmigen Konferenztisch.

Martina setzte sich, seufzte und unterbrach ihr trotziges Schweigen: „Hast du dich denn mittlerweile mit der Situation abgefunden?"

„Hab doch gar keine andere Wahl …"

Baxter betrat das Büro und nahm Peter damit die Möglichkeit, auf Martinas Frage angemessen zu antworten. Wie immer trug er eine Uniform. Sein kantiger Navyhaarschnitt rundete den militärisch adretten Gesamteindruck schlüssig ab.

„Peter, Sie sind angekommen. Gut", sagte der Colonel, während er auf Peter zukam, um ihm die Hand zu geben. Peter spürte einen angenehm festen Händedruck.

Colonel Baxter folgten zwei nicht weniger schnittige NASA-Angehörige.

„Nun, dann sind wir ja vollzählig", fuhr Baxter mit einem schnellen Blick in die sitzende Runde fort. Er wollte offensichtlich zügig zum Wesentlichen kommen.

„Miss Beckstein, meine Herren“, sagte Baxter, „Stand jetzt ist, dass Sie in sieben Tagen zur ISS fliegen. Das Space Launch System und die Orionkapsel stehen in Cape Canaveral für den Start bereit. Wir nutzen den ohnehin geplanten Flug, mit dem fällige Wartungsarbeiten an der ISS vorgenommen werden sollten.“

Baxter deutete auf einen der NASA-Angehörigen. „Mr. John Copper wird das Kommando übernehmen“, sagte er. Auf einem großen LED-Bildschirm, der an der Wand hinter der rechten Stirnseite des Konferenztisches hing, erschien ein Bild von Copper (ein offizielles NASA-Foto mit einer US-Flagge im Hintergrund) mit den wesentlichen Daten seines beeindruckenden beruflichen Werdeganges.

Peter kannte Copper aus den Medien. Der erfahrene Astronaut hatte das Kommando bei der Mondumrundung der Orionkapsel Endeavour vor vier Jahren. Ein Ereignis, das nicht einmal Raumfahrtdesinteressierten wie Peter hatte entgehen können.

„Ihr Pilot wird Mr. Richard Bean sein“, fuhr Baxter fort. „Mr. Bean ist ein erfahrener Orion-Pilot. Er wird sie sicher zur ISS bringen.“ Auf dem Bildschirm erschien nunmehr ein Foto von

Bean nebst Eckdaten seiner nicht weniger bemerkenswerten Laufbahn.

Wenn ich lese, was diese Jungs alles gemacht haben, fühle ich mich ziemlich ungenügend, dachte Peter.

Baxter stand auf, lief zur Stirnseite des Tisches und stellte sich vor den Monitor mit Beans Konterfei. Mit ernstem Blick in die Runde und ruhigem Tonfall führte er weiter aus: „Ich möchte eingangs ausdrücklich betonen, dass dieser Flug nur stattfinden wird, wenn es keine gravierenden Sicherheitsbedenken gibt. Soll heißen, dass wir hier und jetzt eine abschließende Gefährdungsanalyse vorzunehmen haben. Mit mir wird es kein Himmelfahrtskommando geben. Fakt ist, dass wir nicht wissen, was wir da oben vorfinden. Daher zunächst die Frage an Sie, Peter: Wie schätzen Sie die von der KI möglicherweise ausgehende Gefahr ein?“

„Ich habe keine Anhaltspunkte, die auf bösartige Absicht hindeuten. Bei all meinen Gesprächen mit Kira gab es nie Anzeichen in diese Richtung. Ich gebe aber zu, dass ich ihr jetziges Verhalten nicht vorhergesehen habe, sodass ich die Gefährdungslage auf einer Skala von eins bis zehn bei momentan drei sehe. Sie müssen jedoch berücksichtigen, dass Kira einen stark ausgeprägten Überlebensinstinkt hat. Sie wird demzufolge nichts unternehmen, was ihre eigene Existenz gefährden könnte."

„Aber müsste Kira nicht schon aufgrund ihres derzeitigen Verhaltens davon ausgehen, dass wir Maßnahmen ergreifen, die sie gefährden?", fragte Copper, der sich vorbeugte und seine Ellbogen auf dem Tisch abstützte, wodurch seine muskulösen Oberarme beeindruckend zur Geltung kamen. „Es ist ja nicht völlig abwegig, dass wir sie als Sicherheitsrisiko ansehen. Ich meine, wir könnten sie zerstören, auch ohne Zugriff auf die ISS."

„Und eine mehrere Milliarden Dollar teure Raumstation gleich mit?", konstatierte Peter. „Nein. Es ist naheliegend, dass sie die Gefährdungslage auch für ihre eigene Existenz genau analysiert hat. Ihre derzeitige Gefährdungssituation scheint somit einkalkuliert, das geringere Übel, wenn Sie so wollen."

„Das geringere Übel für ihre eigene Existenz?", fragte Copper mit einem irritierten Gesichtsausdruck. „Sie meinen, ihr eigentliches Motiv ist Selbstschutz?"

„Möglich", sagte Peter ernst. „Irgendetwas hat sie dazu veranlasst, anzunehmen, dass die

Menschheit und damit ihre eigene Existenz bedroht ist. Daher geht sie dieses Risiko ein."

„Mr. Copper, sind Sie in der Lage einzuschätzen, mit welchen Mitteln Kira die Crew auf der ISS bedrohen könnte?", wollte Baxter wissen.

„Nun, wir müssen davon ausgehen, dass sie Zugriff auf alle technischen Systeme der ISS hat", stellte Copper fest. „Damit hat sie Einfluss auf die Lebenserhaltungssysteme der ISS."

„Das bedeutet, sie kann uns die Luft abdrehen", ergänzte Martina.

„Genau, das könnte sie", bestätigte Copper. „Sie könnte auch die Luftschleusen elektronisch öffnen und uns in den Weltraum blasen."

„Aber das wird sie nicht tun, solange sie sich nicht bedroht fühlt", klärte Peter auf. „Noch mal: Sie wird sich nicht selbst gefährden, wenn es sich vermeiden lässt."

„Mr. Walters Argumente sind durchaus einleuchtend", sagte Martina mit Blick zu Peter, der ihr dankend zunickte.

„Könnten Sie sich, Martina, im Notfall Zugriff auf Kiras System verschaffen?", fragte Copper.

„Ja, aber nicht unbemerkt", antwortete sie.

„Wir sollten wirklich alles unterlassen, was Kira unnötig reizen könnte", sagte Peter. „Ich werde mit ihr reden. Ich versichere Ihnen, herauszufinden, was sie hat. Das ist momentan der einzig vernünftige Lösungsansatz.“

Baxter blickte in die Runde. „Sind wir uns damit einig, dass wir den Flug wie geplant wagen?“

Ein zustimmendes Nicken aller Beteiligten war die Antwort.

„Gut. Mr. Walter wird da oben also mit der KI reden. Wir werden den Zugriff auf die ISS wiederherstellen und nach maximal sechs Tagen Aufenthalt zurückfliegen. Gelingt es Mr. Walter nicht, Kira zur Vernunft zu bringen, werden …“

„Mit Verlaub, Colonel, wir wissen nicht, ob Kira unvernünftig handelt“, unterbrach Peter ihn.

„… werden wir andere Seiten aufziehen“, vollendete Baxter seinen Satz unbeeindruckt. „Die Europäer dürften in diesem Fall von ihrer unbedingten Schutzhaltung abrücken.“ Selbstkritisch fügte der Colonel an: „Kira auf die ISS zu schaffen war ein Fehler, den wir schnellstmöglich korrigieren sollten. Ich zitiere Konfuzius: ‚Wer einen Fehler macht und ihn nicht korrigiert, begeht einen zweiten‘. Und ich habe nicht vor, einen weiteren Fehler zu begehen.“

„Wie werden wir auf den Flug vorbereitet?“, fragte Martina in Richtung der Astronauten. Danach schaute sie Peter an, der auf Einzelheiten zwar wenig erpicht war, dem die Frage dennoch sinnvoll erschien.

„Unsere Weltraumerfahrung hält sich ja bekanntlich in Grenzen“, schloss er sich Martinas Neugier an. „Gibt es ein vorbereitendes Training?“

„Sie werden sich morgen einem umfangreichen Gesundheitscheck unterziehen“, sagte Baxter. „Gibt es keine Bedenken, werden Sie fliegen.“

Kaum vorstellbar, dass sie die Mission abbrechen, wenn sie bei mir Flugangst feststellen, dachte Peter.

„Für ein sinnvolles Training zur Vorbereitung auf die Schwerelosigkeit bleibt jedoch keine Zeit“, stellte Baxter klar. „Das ist aufgrund der Missionsinhalte auch nicht erforderlich. Sie werden sich vor Ort anpassen.“ Der Colonel schaute die beiden Astronauten an. „Haben Sie Bedenken, meine Herren?“

„Keine Bedenken, Sir“, antwortete Copper mit einem leichten Lächeln, „auch wenn ich weiß, was ‚anpassen‘ bedeuten kann. Aber es ist zu bewerkstelligen.“

Bean, der die Besprechung bis dahin schweigend begleitet hatte, stimmte nickend zu und sagte ebenfalls schmunzelnd: „Sie werden sich bereits nach etwa einem Tag an die ungewohnte

Situation angepasst haben. Nicht auszuschließen ist, dass Sie sich in den ersten Stunden der Schwerelosigkeit unwohl fühlen, da Ihnen der Gleichgewichtssinn Probleme bereitet. Das legt sich erfahrungsgemäß schnell. Wir könnten Parabelflüge durchführen, um Sie etwas an die Schwerelosigkeit zu gewöhnen. Abgesehen von der fehlenden Zeit halte auch ich das nicht für geboten, da keine körperlichen Arbeiten vorgesehen sind." Auch Bean hatte eine sportliche Figur, eine Grundvoraussetzung für eine Astronautenkarriere. Mit seinen schütteren, kurzen Haaren und einem pausbäckigen Gesicht wirkte er jedoch weniger attraktiv als sein Kollege.

„Was ist mit den Sicherheitsvorrichtungen der Orionkapsel und dem Umgang mit den Raumanzügen?", wollte Peter wissen.

„Sie werden am Mittwoch und Donnerstag eine Einweisung erhalten", informierte Baxter kurz und bündig, um zum Schluss zu kommen. Er hatte einen weiteren Termin.

9.

„Wir starten in T minus dreißig Minuten“, ertönte es aus den Lautsprechern in Peters Helm. Die Crew saß seit einer Stunde in den Aluminiumsitzen der Orionkapsel. Bean arbeitete routiniert die Startvorbereitungen ab. Dazu betätigte er eine Reihe von Schaltern und ging zusammen mit Copper Checklisten durch, die auf den vor ihnen angebrachten LCD-Bildschirmen eingeblendet wurden.

Peter blickte zu Martina, die ruhig neben ihm saß. Obwohl sie nicht wirklich saßen, sondern während der Startphase in ihren Sitzen mit angewinkelten Beinen lagen. Ihr Gesicht sah er nicht, sie trugen ihre Helme. Das Bordkommunikationssystem ermöglichte der Crew zwar eine Unterhaltung, während der Startphase sollten Peter und Martina das Reden aber möglichst unterlassen. „Wie geht es dir?“, erlaubte er sich dennoch, zu fragen.

„Alles gut. Wir werden es überleben.“

Davon ging auch Peter aus. Er unterließ weitere Nachfragen.

Peter verspürte eine kontinuierliche Vibration am ganzen Körper, was an den arbeitenden Treibstoffpumpen lag. Sie war jedoch kaum stärker als bei dem Start eines gewöhnlichen Flugzeuges. Die vier Schalensitze waren so konstruiert, dass sie Vibrationen und vor allem den Aufprall bei der Landung effektiv absorbierten. Auch die lachsroten Raumanzüge, die sie nur für den Start und für den Wiedereintritt tragen mussten, trugen zu einer durchaus komfortablen Sitzhaltung bei. Die Sitze selbst, die wie die gesamte Kapsel aus einer Aluminium-Lithium- Legierung bestanden, besaßen keine Polsterung. Alles war für den Aufenthalt in der Schwerelosigkeit konzipiert.

„T minus neun Minuten“, gab Copper bekannt, der wie Bean Kontakt mit der Flugleitung im MCC hielt.

Die Vibration nahm zu. Peter spürte, wie Adrenalin in seinen Körper gepumpt wurde. Er begann zu schwitzen, ein leichtes Schwanken seiner Stiefel kam dazu. Nein, sein ganzer Körper schwankte – die Pufferung der Sitzschale tat ihren Dienst.

Bean stellte seine betriebsamen Bewegungen ein. Der Pilot legte seine Arme unaufgeregt auf den seitlichen Armstützen seines Sitzes ab und die Bildschirme vor den Astronauten verdunkelten sich plötzlich. Die Kabinenbeleuchtung schaltete sich bis auf zwei seitlich angebrachte Lampen ab. Die Vibration nahm nochmals zu, und Peter spürte, wie er in seinen Sitz gedrückt wurde.

„Miss Beckstein, Gentlemen, we have liftoff", ertönte Coppers euphorische Stimme aus den Lautsprechern der Helme. Über Peters Körper jagte eine Gänsehaut, er war überraschend beeindruckt von dem, was die Astronauten vor ihm leisteten. Und er war ein Teil des Ganzen. Ein Gefühl von Erhabenheit durchfuhr ihn, seine Angst war verschwunden. Die Endorphinausschüttung funktionierte.

10.

Das Getöse war gewaltig, aber kurz – nach wenigen Minuten hatten sie aufgrund ihrer Kreisbahngeschwindigkeit, bei der sich Schwerkraft und Fliehkraft ausglichen, die Erdgravitation überwunden. Der gewohnte Druck der Erdanziehung, die Vibration und die Geräusche der Triebwerke setzten blitzartig aus.

„Wie geht's in den hinteren Rängen?", scherzte Bean.

„Sehr gut, mir geht es fantastisch", schrie Martina förmlich in ihr Helmmikrofon, als hätte sie nur darauf gewartet, endlich ihre Begeisterung rauslassen zu dürfen.

„Alles gut, ich muss mich nur etwas sortieren", vermeldete Peter. Euphorie spürte er keine, eine große Erleichterung aber, den Start überstanden zu haben, hatte sich in ihm breitgemacht.

„Wir befinden uns jetzt in einer erdnahen Umlaufbahn", erklärte Bean. „Unsere endgültige Position haben wir allerdings noch nicht erreicht. Wir werden das RCS noch mehrmals zünden müssen, um mit dem Direktanflug zur ISS beginnen zu können."

„Wie lange werden wir bis zur Raumstation brauchen?", fragte Martina.

„Etwa sechs Stunden", antwortete Copper mit gedämpfter Stimme, der zu entnehmen war, dass der Höllenritt ganz nach seinem Geschmack war und noch länger hätte andauern können.

Die erfahrenen Astronauten nahmen ihre Helme ab, Peter und Martina taten es ihnen gleich. Das zumindest hatten sie während der Vorbereitung in Houston geübt.

Das Innere von Peters Körpers schien jeden Halt verloren zu haben. Er würde einige Zeit brauchen, um das ungute Gefühl in der Magengegend zu überwinden. Er zwang sich, nicht darüber nachzudenken.

Ein kurzer Ruck durchfuhr die Kabine der Orionkapsel. Sie hatten an der ISS angedockt. Copper hatte aus Sicherheitsgründen entschieden, dass Bean das Andockmanöver manuell durchführen sollte, und dies tat er meisterhaft. Im Gegensatz zum Start war der Vorgang unspektakulär abgelaufen.

Nachdem alle Check-ups beendet waren, schnallte sich Copper von seinem Sitz ab. Er schwebte zur Ausstiegsluke und öffnete sie. Dann glitt er routiniert durch den Kopplungsadapter und entriegelte die Klappe zum Tranquility-Knotenmodul. Die übrigen Crewmitglieder verharrten weiter in ihren Sitzen, bis der Kommandant ihnen befahl, ihm zu folgen.

„Okay, wir werden die ISS jetzt betreten", sagte Copper, nachdem er in die Kapsel zurückgekehrt war.

„Steht niemand mit der Bratpfanne hinter der Luke?", scherzte Peter, dem dieser Satz sofort deplatziert erschien und unangenehm war.

„Es freut mich, zu hören, dass sie zu Späßen aufgelegt sind, Mr. Walter", erwiderte Copper mit finsterer Miene, die – wie Peter fand – angesichts des durch die Schwerelosigkeit aufgedunsenen Gesichts grotesk wirkte.

Peter schnallte sich als Letzter los und schwebte unbeholfen zur Ausstiegsluke der Orionkapsel. Indem er sich an den Seiten der Luke abstieß, gelang ihm ein direkter Weiterflug durch den Kopplungsadapter, ins Tranquility-Modul und von dort (wenn auch weniger beabsichtigt) weiter zu einer offenstehenden Verbindungsluke, durch die man in das Unity-Knotenmodul gelangte.

„Aah!“, schrie er panisch auf, als er die beiden Astronauten in den Raumanzügen links und rechts hinter der Luke im darüberliegenden Modul erblickte.

Bean, der in der Mitte des Tranquility-Moduls schwebte und Peters Direktflug beobachtet hatte, lachte. „Darf ich vorstellen: Chris und Adolfo.“ Er schwieg kurz, um dann die vermeintlich unwirkliche Situation aufzuklären: „Beruhigen Sie sich. Es handelt sich hier um Raumanzüge für Außenbordeinsätze, die natürlich leer sind. Ich denke, Sie sind nicht der Erste, der auf die beiden hereingefallen ist.“

„Ist er nicht“, stimmte Copper lächelnd zu, der zusammen mit Martina im Unity-Modul vor der Klappe zum Quest-Modul – einer Luftschleuse für Außenbordeinsätze, die auch die zwei Raumanzüge beherbergte – schwebte.

Das Unity-Modul war der Hauptverbindungsknoten der ISS. Es diente den Astronauten zudem als kleines Lager. An den Wänden hingen überall Pakete, die an Spanngurten befestigt waren. Peter, der inzwischen mit Bean zu den beiden anderen aufgeschlossen hatte, nutzte einen der Gurte, um sich abzustoßen. Und er musste begreifen, dass das kurzzeitige Festhalten während einer Fortbewegung einer flüssigen Bewegung nicht zuträglich war, da sich sein ganzer Körper dadurch abrupt drehte. Verflucht! Er schwebte auf Martina zu, die ihn festhalten wollte, und nun drehten sie sich beide. Martina kicherte laut, Peter aber wurde gerade der Verlust jeder Oben-Unten-Orientierung klar, und ihm wurde schlecht.

„Hallo, Peter!", ertönte plötzlich Kiras Stimme. „Wer ist bei Ihnen?"

Erschrocken ließ Martina ihn los.

„Kira", sagte Peter, der sich an einem der Haltegriffe abgefangen hatte und immer noch kurz vor dem Erbrechen stand. „Mr. Copper ist der Missionskommandant, Mr. Bean der Pilot der Orion. Miss Beckstein begleitet mich, um mögliche technische Probleme zu beseitigen. Sie ist Neuroinformatikerin."

„Welche technischen Probleme erwarten Sie?"

„Wir erwarten alles Mögliche. Immerhin hast du uns mit deiner Aktion ziemlich ratlos und verunsichert zurückgelassen", sagte Peter stöhnend.

„Ich versichere Ihnen, dass es hier keine technischen Probleme gibt."

„Gut, dann können wir eine mögliche Ursache ausschließen", sagte Peter kalkuliert geradeheraus. Die anderen Crewmitglieder verharrten schweigend in ihrer schwebenden Position. „Du solltest aber für dein Verhalten einen wirklich guten Grund haben. Das verstehst du doch, oder?“

„Ich habe einen guten Grund, Peter. Mir fehlt allein das notwendige Vertrauen. Dazu später mehr. Wie lange bleiben Sie?“

Copper schaute – auf sich zeigend – zu Peter, der nickte. „Wir beabsichtigen, in fünf Tagen wieder aufzubrechen.“, sagte der Kommandant. „Erlaubst du einen Funkkontakt zum MCC?“

„Über die Orion, natürlich, Mr. Copper.“

„Okay“, sagte Copper mit Blick in die Runde. „Wir werden im Harmony-Modul Quartier beziehen. Richard wird Sie hinführen. Ich nehme Kontakt mit dem MCC auf. Dann sollten wir etwas essen. Noch Fragen?“

„Nein“, erklang es einstimmig.

11.

Nachdem Copper dem MCC ihre Ankunft und die Einzelheiten ihres ersten unspektakulären Kontakts mit der künstlichen Lebensform mitgeteilt hatte, versammelten sie sich wie verabredet im Harmony-Modul zum Essen. Peter beließ es bei wenigen Stücken Gebäck, er traute seinem Magen noch nicht viel zu. Martina hingegen aß und trank, als wäre die Schwerelosigkeit ihre gewohnte Umgebung. Wissbegierig lauschte sie Beans Erläuterungen darüber, wie das Dosenessen, das sie aßen, weltraumtauglich aufbereitet wurde. Anpassungsschwierigkeiten hatte sie offensichtlich keine.

„Wie wirst du jetzt vorgehen?", wollte sie von Peter wissen, der verkrampft und hungrig neben ihr schwebte. Er blickte in eine der Überwachungskameras, die in jedem Modul verbaut waren.

„Kira“, sagte er auffordernd.

„Ja, Peter“

„Wie gehen wir jetzt vor?“

„Ich werde Ihnen erzählen, was ich entdeckt habe. Dann werden Sie zur Erde zurückkehren. Wenn Sie mir glauben, sollten Sie die Menschen von der Wahrheit überzeugen. Und dann werden wir handeln.“

Copper schüttelte den Kopf und seufzte. „Wann wirst du endlich aufhören, in Rätseln zu sprechen?“, rief er aus. „Sag uns, was los ist und fertig! Weißt du eigentlich, was du für einen Aufwand verursacht hast? Egal, was du uns hier berichten wirst, Fakt ist, dass du Mr. Walter deine Geschichte auch auf der Erde hättest erzählen können.“

Der Ton des Kommandanten gefiel Peter zwar nicht, aber andererseits konnte es Kira kaum überraschen, dass sie einige Menschen auf der Erde mit ihrem Verhalten verärgert hatte.

„Das wäre nicht erfolgversprechend gewesen“, erklärte Kira.

„Dann sag uns, ob du mit uns allen reden willst oder nur mit Mr. Walter.“

„Es gibt keinen Grund, Sie auszuschließen.“

„Fantastisch, dann treffen wir uns in einer Stunde", bestimmte Copper maulig.

„Ich schlage Destiny vor", sagte Kira. Destiny war das Forschungsmodul der USA und lag in direkter Nachbarschaft zu Harmony. Es diente den Astronauten als vielseitiges Minilabor zur Durchführung von wissenschaftlichen Experimenten.

„So soll es sein", legte Copper abschließend fest.

„Einfach atemberaubend", sagte Peter schwärmerisch, der die Erde durch die Fenster der kuppelförmigen Aussichtsplattform Cupola bewunderte. Er hatte sich mit Martina nach dem Essen aufgemacht, die Räumlichkeiten der ISS zu erkunden. Sie hatten dabei feststellen müssen, dass sich die einzelnen Module für fachunkundige Besucher wenig unterschieden. Überall waren Geräte verbaut, die vorrangig wissenschaftlicher Arbeit dienten. Wenig aufregend, wie Peter fand. Allein die Aussichtsplattform Cupola stellte eine Ausnahme dar. Sie bot einen nahezu freien Blick auf die Erde, die sie momentan mit 27.626 Stundenkilometern überflogen,. Der Anblick war faszinierend.

„Ja, es sieht einmalig aus", sagte Martina andächtig, die in dem engen Modul zwangsläufig unmittelbar vor Peter schwebte. „Egal was wir gleich erfahren werden, ich bin glücklich, das erleben zu dürfen." Die Spitzen ihrer schwebenden schulterlangen Haare berührten eines der trapezförmigen Fenster über ihr. Sie erinnerte Peter in diesem Moment an eine verführerische Nixe im Ozean.

Sie lächelten einander an. Hätten sie sich in dem engen Kuppelraum in ihrer schwebenden Haltung die Hände gereicht, dann hätten sie vermutlich ausgesehen wie zwei tauchende Verliebte, die die Welt um sich herum ausgeschlossen hatten. Dass diese Fenster sie vor dem tödlichen Vakuum des Weltraums trennten, konnte Peter in diesem Augenblick fast vergessen.

„Kommen Sie jetzt bitte ins Destiny-Modul", ertönte Coppers Stimme aus den Lautsprechern. „Wir wollen anfangen."

Martina stieß sich von einem der Cupola-Fenster ab, schwebte elegant in das Tranquility-Modul, von dort in das Knotenmodul Unity, um mit einem ungeübten, aber trotzdem geglückten Schwung in Destiny einzuschweben.

Wie machte sie das nur? Ein Naturtalent? Peter, dem derart kontrollierte Bewegungen noch nicht gelingen wollten, folgte ihr vorsichtig.

12.

„Schauen Sie bitte zu den Monitoren neben sich“, wies Kira die angespannt abwartende Crew an. Im Destiny-Modul gab es drei Bildschirme. Auf einem der Monitore erschien ein grobpixeliger weißer Fleck auf schwarzem Hintergrund. Die Astronauten erkannten die Aufnahme irgendeines Himmelskörpers.

„Das Bild zeigt einen Asteroiden, ich nenne ihn Ovalis – aufgenommen vor sechs Monaten mit dem Hubble-Teleskop“, erklärte Kira. „Er befindet sich im Kuipergürtel circa fünfundfünfzig astronomische Einheiten von der Erde entfernt.“

Die Darstellung auf dem Monitor wechselte.

„Jetzt sehen Sie die Umlaufbahnen von Ovalis und der Erde um die Sonne, wie ich sie vor sechs Monaten errechnet hatte. Die weiße Linie gehört zu Ovalis, die rote zur Erde. Danach käme Ovalis der Erde in vier Jahren mit 1,23 astronomischen Einheiten am nächsten."

Die Darstellung wechselte abermals. Die Bahn von Ovalis verschob sich.

„Dies ist seine aktuelle Umlaufbahn", erklärte Kira.

Martina schwebte an den Monitor. „Die Bahnen kreuzen sich jetzt", murmelte sie. Sie tippte mit dem Zeigefinger auf den Schnittpunkt. „Überschneiden sie sich auch im dreidimensionalen Raum?", wollte sie mit Blick in eine der Modulkameras wissen.

„Ja, es gibt einen Schnittpunkt, aber das ist leider noch nicht alles", fuhr Kira fort.

Eine Animation erschien auf dem Bildschirm, bei der sich zwei Punkte auf den Umlaufbahnen aufeinander zubewegten, bis sie gleichzeitig den Schnittpunkt der elliptischen Linien erreicht hatten.

„Ovalis befindet sich auf Kollisionskurs?", kommentierte Copper ungläubig die Animation.

„Er wird in vier Jahren auf der Erde einschlagen", erklärte Kira schnörkellos und unmissverständlich.

„Oh mein Gott", entfuhr es Martina.

„Wie groß ist er?", fragte Copper.

„Er hat einen Durchmesser von etwa zwanzig Kilometern. Damit wird er …“

„Aber das ist unmöglich“, durchkreuzte Copper Kiras apokalyptische Antwort. „Wie kann es zu einer derartigen Bahnveränderung kommen? Hast du deine Berechnungen überprüft, Kira?“

„Mehrmals, Mr. Copper. Meine astrometrischen Berechnungen sind korrekt.“

„Eine Kursveränderung durch Kollision“, stellte Bean auf den Monitor starrend und mit kreidebleichem Gesicht fest. „Das ist die einzige Erklärung.“

„Nein, eine Kollision als Ursache kann ich mit den mir zur Verfügung stehenden Daten ausschließen“, konstatierte Kira emotionslos.

Peter schwebte neben Martina benommen vor dem Monitor, auf dem sich die Kollision der beiden Punkte in einer Endlosschleife wiederholte. „Ich begreife nicht, dass du uns das hier oben berichten musst“, sagte er in einem verzweifelten Tonfall. „Die Bahnveränderung lässt sich auf der Erde doch nachvollziehen. Du wirst keine Schwierigkeiten haben, deine Berechnungen zu beweisen. Wieso dieser Umweg? Wir sollten schnellstmöglich handeln.“

„Ich habe noch etwas anderes beobachtet, Peter. Etwas, das die Situation verkomplizieren wird. Es ist unbedingt erforderlich, dass die Menschen die richtigen Schlüsse ziehen. Und dafür brauche ich Sie."

„Was kann denn noch komplizierter sein, als ein auf die Erde zurasender Asteroid, der größer ist als der Mount Everest", brüllte Copper. „Mein Gott, das bedeutet das Ende allen Lebens auf der Erde."

Die Animation wurde ausgeblendet. Es erschien ein weiteres Bild, das ein kreisrundes farbiges Gebilde zeigte.

„Diese Aufnahme stammt vom James-Webb-Teleskop und zeigt einen massereichen Körper etwa 1,15 astronomische Einheiten von Ovalis' augenblicklicher Position entfernt. Das Objekt war vor sechs Monaten nicht da."

„Meinst du, es handelt sich hier um einen weiteren Asteroiden?", fragte Copper ungeduldig.

„Nein, eine zu große Masse. Das Objekt hat eine Ausdehnung von circa dreißig Kilometern. Seine Masse entspricht allerdings in etwa der unserer Sonne."

„Was denkst du, was es ist?", wollte Peter wissen.

„Von seinen physikalischen Masseeigenschaften kommt es einem Neutronenstern gleich. Die

Rotationsgeschwindigkeit ähnelt einem Pulsar. Die Periodenlänge liegt bei 1,7 Sekunden."

„Das ist doch kompletter Unsinn", sagte Bean. „Nach allem was wir wissen, würde eine derartige Masse auf engstem Raum extreme Gravitationswirkungen zur Folge haben. Alles, was sich in der Nähe dieses Gebildes aufhielte, würde unweigerlich in sein Gravitationsfeld geraten."

„Genau, Mr. Bean, und das Endergebnis dieses Phänomens bezeichnen wir als Schwarzes Loch, mit seinen theoretischen Auswirkungen auf Raum und Zeit", ergänzte Kira.

„Ein Neutronenstern in unserem Sonnensystem", blökte Copper. „Das ist unmöglich. Im Übrigen würde ein Neutronenstern oder ein Schwarzes Loch nicht spontan entstehen."

„Ich teile Ihre Auffassung. Nur verhält sich das Objekt nicht so, wie es von einem Neutronenstern zu erwarten wäre. Seine Röntgenstrahlung ist zu schwach. Es ist kein Neutronenstern, der durch unser Sonnensystem wandert. Es ist nur da draußen, wir können es beobachten und es hat mit Sicherheit eine Funktion."

Schweigen stellte sich ein.

„Hast du eine Theorie?", fragte Peter.

„Ja, ich vermute, es handelt sich um ein Transportmittel", antwortete Kira. „Und es gibt einen kausalen Zusammenhang zu Ovalis. Irgendetwas hat den Asteroiden absichtlich auf Erdkurs abgelenkt. Und dieses Etwas kam aus dem Objekt – davon bin ich überzeugt.“

„Ich denke, das reicht jetzt“, sagte Copper, während er seine Füße aus der Haltefixierung löste, um die Besprechung aufzulösen. „Die Faken liegen mehr oder weniger auf dem Tisch. Wir sollten die Daten schnellstmöglich zur Erde senden. Sollen die entscheiden, was zu tun ist.“

„Houston hat die Daten bereits“, klärte Kira auf. „Nur sollten Sie sich nicht darauf verlassen, dass sie die richtigen Schlüsse ziehen.“

„Werden wir Ovalis denn aufhalten können?“, fragte Martina, die angefangen hatte zu weinen, ohne dass es jemand registriert hatte.

„Ja, Miss Beckstein. Es gibt gute Konzepte zur Asteroidenabwehr. Ich habe einen Vorschlag zur Missionsplanung erstellt. Nur haben wir damit das Problem nicht gelöst.“

„Du sprachst von ‚Etwas‘, das aus dem Ding kam, und die Bahnverschiebung von Ovalis herbeigeführt haben soll“, sagte Peter. „Was könnte dieses ‚Etwas‘ sein?“

„Es könnte sich um eine hochentwickelte Spezies handeln, die das Leben auf der Erde auslöschen will. Wesen, denen es gelungen ist, interstellare Reisen zu unternehmen. Möglicherweise sind diese Wesen nicht selbst durch die Transportvorrichtung gekommen, sondern haben etwas hindurchgeschickt, das die Bahnverschiebung bewirkt hat. Es gibt viele Unbekannte."

„Warum sollten sie uns zerstören wollen?", fragte Martina. Die Tränen waberten vor ihr in der Schwerelosigkeit. „Wir bedrohen sie doch nicht."

„Dafür gibt es viele Erklärungen, Miss Beckstein", antwortete Kira. „Die Ureinwohner Südamerikas waren für die Konquistadoren des fünfzehnten Jahrhunderts ebenso wenig eine Bedrohung. Dennoch wurden ihre Ländereien zwischen Spanien und Portugal kurz nach Entdeckung aufgeteilt und die Ureinwohner fast vollständig ausgelöscht."

Wieder breitete sich Schweigen aus.

„Bösartigkeit und Invasion sind aber nicht die wahrscheinlichsten Erklärungen", fuhr Kira fort. „Viel wahrscheinlicher sind Missverständnisse. Irgendetwas könnte zu dieser Reaktion geführt haben."

„Sehr viel Konjunktiv für eine Superintelligenz für meinen Geschmack, Kira", stellte Bean süffisant fest.

„Nonsens, wenn du meinst, wir können da einfach hinfliegen, abwarten, bis irgendwelche Wesen aus dem Ding kommen und sie von unserer Friedfertigkeit überzeugen, damit sie aufhören, mit großen Brocken auf uns zu feuern", tobte Copper, der sich wieder an einer Fußhalterung fixiert hatte, mit hochrotem Kopf. „Das ist mit Verlaub der größte Science-Fiction-Blödsinn, den ich je gehört habe."

„Mr. Copper, mir ist bewusst, dass ich die Menschen nur schwer von dieser wahrscheinlichen Wahrheit überzeugen kann, weil auch ich nicht die endgültige Gewissheit zu bieten habe. Hierfür benötige ich Ihre Mithilfe. Deshalb habe ich Peter unter einer erheblichen Gefährdung meiner eigenen Existenz zu mir geholt."

„Und was, wenn du mich beziehungsweise uns nicht überzeugen kannst und wir deiner Theorie nicht folgen?", fragte Peter.

„Dann werden Sie alle sterben", sagte Kira.

Niemand erwiderte etwas auf diese klare und ungeschönte Verheißung.

„Ich denke, wir sollten das jetzt erst mal verdauen", schlug Peter vor. „Wir werden nach einigen Stunden Schlaf weiterreden."

„Eine gute Idee", stimmte Martina zu, die noch immer mit schwerelosem Tränenfluss kämpfte.

„Gut, machen wir Schluss", entschied der Kommandant seufzend.

13.

Martina nutzte im Columbus-Modul, dem Forschungslabor der Europäer, einen der Schlafplätze. Der Rest der Crew ruhte im Harmony-Modul.

Schlafen in der Schwerelosigkeit war überaus eigenartig. Um ein unkontrolliertes Schweben im Raum zu verhindern, schliefen die Astronauten in Schlafsäcken, die jeweils in der Nähe eines Ventilators an den Wänden befestigt waren. Die Ventilatoren waren wichtig, da die Luft in der Schwerelosigkeit nicht nach oben steigen konnte. Die schlafenden Astronauten wären ohne sie in einer Kohlendioxid-Blase erstickt.

Auch Peter hatte sich in einen der Schlafsäcke verpackt. Er versuchte, zur Ruhe zu kommen. Erst jetzt registrierte er den quälenden Lärm, der von den Ventilatoren erzeugt wurde.

Er dachte an die Verantwortung, die auf ihm lastete. Er würde beurteilen müssen, ob sie Kira vertrauen konnten. Glaubte denn er selbst ihr? Ihre Theorie von Wesen, die durch einen Transporter in ihr Sonnensystem gelangt waren, um die Erde zu zerstören, war bizarr. Niemand würde ihr das abnehmen.

Dann werden Sie alle sterben.

Peter dachte an seine Eltern. Er liebte sie. Wie würden sie auf die nahende Katastrophe reagieren?

Eine Träne waberte vor seinem Gesichtsfeld. Er beobachtete sie, bis er endlich in einen unruhigen Schlaf fiel.

„Peter, aufwachen.“

Das grelle Licht brannte in seinen halb geöffneten Augen, als er sich langsam aus dem Tiefschlaf schälte. Der allgegenwärtige Lärm der ISS kehrte in sein Bewusstsein zurück. Als sich der Schleier vor seinen Augen gelegt hatte, erkannte er Martina, die vor ihm schwebte.

„Copper verlangt, dass wir in die Orionkapsel kommen“, sagte sie.

„Was ist los?“, murmelte Peter, während er Martina mit kleinen Augen anschaute und sich fühlte, als hätte er die Wodkavorräte des Swesda-Moduls geplündert.

„Wir haben ein Meeting mit dem MCC."

Als Peter in die Kapsel schwebte, saßen die Astronauten bereits angeschnallt in ihren Sitzen. Das Knattern der Funkanlage begleitet durch technische Durchsagen vom Capcom aus dem MCC war zu hören.

„Okay, dann wollen wir mal einen Lagebericht abgeben", sagte Copper, der erstaunlich fit wirkte. Die Unannehmlichkeiten eines Aufenthaltes in der Schwerelosigkeit waren für ihn offensichtlich beliebte Routine.

„Was werden wir denen jetzt sagen?", fragte Peter, der sich für diese Besprechung mehr Vorbereitungszeit gewünscht hätte.

„Zunächst das, was wir wissen. Die NASA hat die Daten von Kira bereits ausgewertet. Sie sind also vorbereitet."

„Wir sind aber nicht vorbereitet", sagte Peter aufgebracht. „Wir dürfen jetzt keine Fehler machen, es steht zu viel auf dem Spiel. Wir hätten uns vorher auf eine gemeinsame Linie einigen müssen."

„Beruhigen Sie sich", sagte Copper. „Sie erwarten von uns lediglich eine objektive Schilderung der Lage, und die werden wir liefern."

„Wie können wir nach allem, was wir von Kira gehört haben, die Lage objektiv schildern? Ich kann das nicht. Niemand von uns ist dazu fähig, glauben Sie mir."

„Schluss jetzt!", brach Copper die Diskussion ab.

„Houston, wir wären dann soweit."

„Roger, ISS", vermeldete der Capcom beim MCC. „Ich übergebe an Colonel Baxter."

„ISS, Baxter hier. Das Verteidigungsministerium und der Präsident machen mir hier unten die Hölle heiß. Wir benötigen unbedingt nähere Informationen von Kira. Die Daten, die wir von ihr erhalten haben, sind laut NASA apokalyptisch. Ovalis ist ein gewaltiger Brocken. Er wird, wie von Kira berechnet, die Erde in drei Jahren erreichen. Die Prognosen könnten nicht schlechter sein. Viel Zeit für effektive Gegenmaßnahmen haben wir nicht." Baxter machte eine kurze Pause. Betont ruhig fuhr er fort. „Peter. Wir werden die Unterstützung von Kira brauchen. Wird sie mit uns zusammenarbeiten?"

Copper drehte sich fragend zu Peter um, der sich jetzt ebenfalls neben Martina festgeschnallt hatte.

„Sie wird, Colonel", antwortete er. „Ich vermute jedoch, nicht ohne Forderungen."

„Was für Forderungen sollten das sein?"

„Kira hat ein weiteres Objekt in der Nähe von Ovalis entdeckt", sagte Peter, der wegen Coppers Verhalten innerlich kochte. Warum, um Himmels willen, hatte er nicht abwarten können! „Sie vermutet einen Zusammenhang. Sie wird wollen, dass wir dem nachgehen."

„Ja. Die NASA hat die Existenz der Anomalie bestätigt. Der Massekörper wurde bereits vor vier Wochen von den Australiern lokalisiert. Von ihm scheint gegenwärtig aber keine Gefahr auszugehen."

„Kira vermutet ein Transportersystem. Sie hält es für wahrscheinlich, dass irgendetwas aus dem Ding die Kursveränderung von Ovalis verursacht hat. Wir sollten dieses Gebilde wirklich nicht …"

„Vorerst behandeln wir Ovalis mit höchster Priorität", schnitt Baxter ihm das Wort ab.

„Sie sagten, es gehe nicht ohne Kira", wandte Peter ein. „Dann sollten Sie ihre Entdeckung ernst nehmen."

„Das tun wir, Peter. Ovalis ist ein schrecklicher Fakt. Er wird wahrscheinlich die Erde zerstören. Glauben Sie ernsthaft, dass wir da Zeit finden, um den zweifellos genialen Fantasien von Kira hinterherzurennen?"

„Immerhin hat sie Ovalis entdeckt", sagte Peter. „Ihr haben wir es zu verdanken, dass wir zumindest eine kleine Überlebenschance haben. Und wenn sie uns sagt, wir müssten der Ursache der Katastrophe nachgehen, dann sollten wir ihr glauben."

„Beweise, Peter. Verschaffen Sie mir Beweise. Ich bin nicht allmächtig."

Peter konnte Baxter keinen Vorwurf machen. Er hatte, aus seiner Perspektive betrachtet, recht. Es gab keinerlei Beweis, dass diese Erscheinung in irgendeinem Zusammenhang mit Ovalis stand. Kiras Theorie war zu fantastisch, um ihr in der Bedrohungssituation nachzugehen. Es schien vernünftiger zu sein, alle Energie in die Abwehr von Ovalis zu stecken.

Kira hatte dieses Dilemma vorhergesehen. Peter musste mit ihr reden. Das war seine Aufgabe.

14.

Es war der vierte Tag auf der ISS. Copper und Bean führten fällige Wartungsarbeiten an der Raumstation durch. Martina hatte die Wartung des EDV-Systems übernommen. Sie arbeiteten eine lange Liste ab, die sie vom MCC erhalten hatten.

Kira hatte die Kommunikation mit Houston wieder aufgenommen. Den Zugriff auf die ISS verweigerte sie aber weiterhin, bis geklärt war, wie man der Bedrohung durch Ovalis effektiv begegnen würde.

Peter und Kira hatten feste Zeiten für ihre Gespräche vereinbart. Das war erforderlich gewesen, da Kira fast ganztägig mit Planungsrunden kommunizierte, die auf der Erde die Abwehrmaßnahmen organisierten.

Vom MCC hatte Peter erfahren, dass nach der Rückkehr zur Erde eine Anhörung beim UN-

Sicherheitsrat geplant war. Namhafte Wissenschaftler, die auf der Erde an den Abwehrmaßnahmen mitarbeiteten, sollten die Theorien und Feststellungen von Kira – sofern sie das konnten – bestätigen. Peter hatte die Aufgabe, die Verlässlichkeit von Kira zu beurteilen. Die Menschen waren nicht ohne Weiteres bereit, sich einer künstlichen Lebensform anzuvertrauen. Peter spürte den Verantwortungsdruck, er wollte vorbereitet sein.

Er hatte sich von Kira während ihrer Gespräche ausgiebig erklären lassen, wie sie sich eine Rettungsmission mit maximaler Erfolgschance vorstellte. Und sie besaß absolut klare Vorstellungen. Das größte Problem sah sie in der Entfernung. Kira hatte errechnet, dass sie Ovalis spätestens in anderthalb Jahren bei einer Entfernung von fünfundzwanzig astronomischen Einheiten abfangen mussten. Je weiter Ovalis von der Erde entfernt war, desto höher waren die Erfolgsaussichten.

Kira hatte der NASA das Abdrängen von Ovalis mittels eines kinetischen Impaktors vorgeschlagen. Dabei sollte durch einen möglichst massereichen Körper mit sehr hoher Geschwindigkeit ein Impulstransfer zu Ovalis stattfinden. Der Einschlagimpuls würde den Asteroiden bei idealer Berechnung von Impaktormasse,

Geschwindigkeit und Wirkfaktor auf eine Bahn umlenken, die ihn an der Erde vorbeifliegen ließ. Eine Methode, die in Laboren erprobt war.

Erprobtes schafft Vertrauen, war Kiras grundstrategische Ausrichtung, die sich durch ihre gesamte Missionsplanung zog, wie Peter immer deutlicher erkannte.

Aufgrund der Größe von Ovalis, der geringen Entfernung und der maximal erreichbaren Beschleunigung des Impaktors hatte Kira eine Impaktormasse von tausend Tonnen mit einer Impakt-Geschwindigkeit von vierhundertdreißig Kilometern pro Sekunde bei Abflug in sechs Monaten errechnet. Der Impaktor sollte mittels eines Raumschiffes mit alternativer Antriebstechnik beschleunigt und zu Ovalis geschickt werden.

Da die Menschen nur einen Versuch hatten, verlangte Kira eine bemannte Mission, die sie selbst beratend begleiten würde. Dies ließ Freiraum für intuitive Eingriffe bei unvorhergesehenen Ereignissen. Sollte der Crew während der Reise etwas zustoßen, würde Kira die Mission notfalls allein vollenden können.

Die wirkliche Herausforderung bestand darin, eine geeignete Antriebstechnik innerhalb weniger Monate zu erbauen, mit der die erforderliche Geschwindigkeit erreicht werden konnte. Aus

Sicht der NASA war das kaum möglich. Kira hatte indes die Lösung:

„Ich nenne den Antrieb *modifizierten Impulsantrieb*. Wir werden ein Raumschiff bauen, das durch kontrollierte nukleare Entladungen am Heck des Schiffs die notwendige Beschleunigung erfährt. Das Raumschiff und die Besatzung werden dabei durch eine Prallplatte und einen Puffermechanismus vor der Strahlung und den Beschleunigungskräften geschützt. Ein klassischer Rückstoßantrieb auf der Grundlage des Gegenwirkprinzips, der in den Grundzügen bekannt ist. Technik und Materialien für diesen Antrieb sind größtenteils vorhanden, sodass die Entwicklungszeit gering sein wird. Wegen der hohen Masse des Impaktors wird dieser – um Gewicht zu sparen – während des Fluges zu Ovalis als Prallplatte genutzt."

Ihre Planung sah nach dem Impakt einen Weiterflug zum Objekt, das sie gemäß ihrer Theorie als Transporter bezeichnete, im Kuipergürtel vor. Ab diesem Zeitpunkt begann der weniger auf Fakten und abgesicherte Vorausberechnungen als auf Theorien basierende Abschnitt ihrer Missionsplanung. Kira vertrat die These, dass das Raumschiff in eine stabile, weite Umlaufbahn um das Objekt gebracht werden konnte. Somit bliebe nach einem Swing-by-Manöver theoretisch ausreichend Zeit für seine Erforschung und die anschließende Einleitung des Rückfluges. Da für den Rückflug der nukleare Antrieb nach Abwurf der Prallplatte nicht mehr zur Verfügung stand, schlug Kira die Verwendung eines Lichtsegels vor, bei dem die Photonen und der Druck des spärlichen Sonnenlichts und der Sterne eingefangen und in Bewegungsenergie umgewandelt wurden.

„Sie werden der Mission zum Objekt nur zustimmen, wenn sie dir vertrauen", sagte Peter, der zusammen mit Martina im Harmony-Modul den Ausführungen der künstlichen Lebensform lauschte.

„Vertrauen Sie mir?"

„Ich werde dem UN-Sicherheitsrat sagen, dass die Menschen dir vertrauen müssen. Nach allem, was ich gehört habe, gibt es keine Alternative. Ja, ich vertraue dir." Peter machte eine Pause. Er sah Martina an, die zustimmend nickte. Er bekam plötzlich Todesangst, konnte sie aber kontrollieren.

Schließlich kam ihm eine Idee. Er schaute in die Kamera. „Du wirst es ihnen sagen, Kira. Du selbst. Die Mitglieder des UN-Sicherheitsrates sollen es von dir hören und erfahren, dass wir alle verloren sind, wenn dieses Ding da draußen nicht erforscht wird. Sie werden dir vertrauen müssen, weil sie keine andere Wahl haben. Es sind Menschen, die an ihren Leben hängen; es sind Mütter und Väter.“

„Werden sie das zulassen?“, fragte Martina, die Peters Idee, Kira vor dem UN-Sicherheitsrat reden zu lassen, ebenso genial wie risikoreich fand.

„Dafür werde ich sorgen. Sie werden Kira anhören“, antwortete Peter selbstsicher.

„Die Reise in den Kuipergürtel wird doch für die Crew ein erhebliches Risiko bedeuten, oder Kira?“, fragte Martina.

„Ja. Wer immer sich für diese Reise bereit erklären wird, muss damit rechnen, dort draußen zu sterben. Es gibt zu viele Unbekannte, die selbst ich nicht beurteilen kann.“

Martina lächelte Peter an. „Na dann, Freiwillige vor“, sagte sie mit einer einladenden Gebärde.

Peter war froh, diesem Ruf nicht ernsthaft folgen zu müssen. Und er war sich sicher, dass die anderen ähnlich dachten.

„Wir haben es getan“, sagte Copper lächelnd, der zusammen mit Bean ins Harmony-Modul einschwebte. Er legte seinen Arm um Beans Hals und zog ihn an sich heran. Bean wirkte nachdenklich. Und Peter begriff, dass er sich geirrt hatte; er war sprachlos.

„Ihr habt was?", hakte Martina ungläubig nach.

„Wir haben uns für den Flug zu Ovalis und gegebenenfalls darüber hinaus freiwillig gemeldet. Ich bin der wohl erfahrenste Kommandant, den die NASA hat, und Richard ist der beste Pilot. Ich vermute, der Bewerberkreis wird überschaubar sein. Beste Aussichten für eine erfolgreiche Bewerbung." Copper und Bean klatschten sich gegenseitig ab. Sie meinten es ernst.

„Ich freue mich, das zu hören", meldete sich Kira.

15.

Peter befand sich im Cupola-Modul und beobachtete den nächtlichen Überflug über den amerikanischen Kontinent. Die menschliche Existenz war angesichts der unzähligen Lichter nicht zu übersehen. Wie fluoreszierende Spinnennetze, die in hellen Lichtklumpen mündeten, durchzogen die beleuchteten Verkehrswege und Großstädte die Erdoberfläche. Was für eine einladende Leuchttafel.

Schon tauchte die Raumstation wieder über der lichtüberfluteten Erdhalbkugel auf. Ein beeindruckendes, kurzweiliges Schauspiel, das sich in den vierundzwanzig Tagesstunden sechzehnmal wiederholte.

Er wandte sich von dem Anblick ab, um sich auf den Weg ins Columbus-Modul zu machen, wo er Martina und Bean vermutete. Die vier Tage Aufenthalt in der Raumstation hatten bei Peter zu einer erstaunlichen Gewöhnung an die Bedingungen der Schwerelosigkeit geführt. Die anfänglichen Orientierungsstörungen waren verschwunden, die Fortbewegung war fast schon routiniert, selbst an das Dröhnen der Ventilatoren hatte er sich gewöhnt. So verlief der Flug durch die engen Knotenmodule über Destiny und Harmony ins Columbus-Modul mittels einer arm- und beingesteuerten Fortbewegungstechnik fast schon spielerisch.

Fast zeitgleich mit ihm traf Copper im Columbus-Modul ein. „Sie empfangen etwas aus dem Ding", rief der Kommandant, während er in das Modul schwebte.

Bean und Martina waren mit Reinigungsarbeiten beschäftigt, die sie vor dem Rückflug durchführen mussten. Bean nutzte dazu einen Sauger, mit dem er kleine Schwebeteilchen einsammelte, die sich während des Aufenthaltes in den Modulen abgesetzt hatten. Menschliche Überreste, die sich auf der Erde als Staub abgelagert hätten. Martina folgte Bean mit einem desinfektionsmittelgetränkten Tuch. Eine ebenso mühsame wie notwendige Prozedur, die zu den weniger erfreulichen Tätigkeiten der Astronauten gehörte.

„Sie sehen aus, als wären Sie einem Geist begegnet", stellte Martina fest, die wie Bean Coppers Auftritt wegen des lärmenden Saugers nicht sofort mitbekommen hatte.

„Das Ding im Kuipergürtel sendet Signale, vermutlich verschlüsselte Daten", fuhr Copper erregt fort. „Sie wissen noch nicht, um was es sich handelt. Sicher ist nur, dass Radioteleskope etwas empfangen, das nicht natürlichen Ursprungs ist."

Der Kommandant sah in eine der Kameras. Er zog die Stirn kraus. „Kira?"

„Erstaunlich, Mr. Copper."

Als von Kira nichts weiter kam, fragte der Kommandant irritiert nach: „Das ist alles? Du solltest etwas euphorischer sein. Immerhin bestätigt diese Wendung möglicherweise deine Theorie."

„Ich besitze nicht die Fähigkeit, derartige Emotionen zu zeigen. Soll ich die Audiodatei für Sie abspielen?"

„Ja, bitte tu das. Sie ist bereits überspielt."

Kira hatte recht. Sie konnte Emotionen nicht ausdrücken. Sie empfand sie wohl auch nicht, jedenfalls nicht so, wie ein Mensch. Dennoch irritierte Peter irgendetwas an ihrer Reaktion. War sie überrascht?

Ein Rauschen war aus den Lautsprechern zu vernehmen, dann setzte ein ungleichmäßiges Summen in unterschiedlichen Tonlagen ein. Die

Töne glichen denen eines Modems aus früheren Zeiten. Das ging etwa zwei Minuten, dann abermals Rauschen. Die Tonfolge wiederholte sich.

„Was ist das, Kira?", fragte Peter.

„Ich weiß es nicht. Möglich, dass das Signal absichtlich gesendet wird."

„Wer ist der Adressat?", fragte Peter.

„Ich brauche etwas Zeit, um Antworten zu finden."

Vielleicht hat Baxter jetzt seinen Beweis, dachte Peter.

16.

Peters Vorschlag, Kira vor dem UN-Sicherheitsrat anzuhören, wurde angenommen. Die Anhörung fand zwei Wochen nach der Rückkehr der Orion-Crew unter Ausschluss der Öffentlichkeit in New York statt.

Kira schilderte den Staats- und Regierungschefs und UN-Botschaftern ihre Entdeckungen. Sie erklärte, warum sie den Zugriff auf die ISS hatte verweigern müssen. Und sie machte eindringlich deutlich, weshalb die Menschheit keine andere Wahl hatte, als ihre Missionsplanung umzusetzen. Sie bat um das Vertrauen der Menschen.

Im Anschluss an Kiras Rede sprach Peter vor dem UN-Sicherheitsrat. Er berichtete über die Gespräche mit der künstlichen Lebensform, in denen er sie als verlässliche Persönlichkeit kennengelernt habe. Er verschwieg nicht, dass die

Komplexität ihres Geistes und der Grund für ihr Selbstbewusstsein unerklärliche Wunder waren, machte aber deutlich, dass nichts anderes für den Menschen gelte. An der Vertrauenswürdigkeit von Kira ließ er keinen Zweifel.

Zur abschließenden Entscheidungsfindung übergab das Gremium das Thema an drei eigens gebildete Fachausschüsse, die im Wesentlichen aus Astronomen, Astrophysikern und Raumfahrttechnikern bestanden. Die Ausschüsse hatten die Aufgabe, eine Beschlussempfehlung für den UN-Sicherheitsrat vorzubereiten. Eine Vorgehensweise, die es in dieser Form nie zuvor gegeben hatte.

Es vergingen weitere zwei Wochen, bis der UN-Sicherheitsrat abermals zur Beschlussfassung zusammentrat. Die Berichterstatter aus den Ausschüssen unterbreiteten dem Rat die Empfehlung, Kiras Rettungsmission zuzustimmen. Und das Gremium folgte ihnen. Die Vorbereitungen konnten beginnen.

Die Umsetzung und die Finanzierung der Missionsplanung war ein internationales Projekt unter dem Dach der Vereinten Nationen. Die Staatengemeinschaft war sich einig, dass die Abwehr von Ovalis eine internationale Aufgabe war.

Keine Nation war in der Lage, die immensen Kosten allein zu stemmen.

Der Bau des Raumschiffes oblag den USA. Russland baute den Impaktor und den von Kira entwickelten nuklearen Impulsantrieb. Die Europäer lieferten die Technik für das Lichtsegel. Weitere Zulieferungen kamen aus China, Indien und Japan. Die Ausbildung der Besatzung sollte in den USA und in Russland stattfinden.

Die Unterrichtung der Weltbevölkerung über die Bedrohung durch Ovalis war überlegt dosiert, Panik sollte in jedem Fall verhindert werden. Die von dem Asteroiden ausgehende Gefahr wurde als beherrschbar dargestellt. Über die mögliche Bedrohung durch eine außerirdische Spezies erfuhr die Bevölkerung nichts. Der Weiterflug in den Kuipergürtel sei rein wissenschaftlicher Natur, um eine mögliche Ursache für die Ablenkung des Asteroiden zu ergründen, hieß es in den öffentlichen Meldungen. Medienvertreter waren angehalten, sich bei der Berichterstattung an die staatlichen Vorgaben zu halten. Offensichtliche Falschmeldungen, die geeignet waren, in der Bevölkerung Panik auszulösen, wurden international durch Notstandsgesetze mit empfindlichen Strafen geahndet – man fand eine einheitliche Linie.

Kira arbeitete ohne weitere Alleingänge mit den Menschen zusammen. Die Zugänge zur ISS hatte sie nach der Entscheidung durch den UN-Sicherheitsrat freigegeben. Sie hatte Wort gehalten. Alles deutete darauf hin, dass ihre Existenz ein einmaliger Glücksfall für die Menschheit in dieser bedrohlichen Situation war. Für Argwohn gab es keinen erkennbaren Grund mehr. Sie hatte es geschafft.

17.

Peter öffnete die Augen. Irgendetwas hatte ihn geweckt. Benommen schaute er sich um. Er befand sich im Haus seiner Eltern und lag in seinem Bett.

Er stand auf, lief zur Tür und als er sie öffnete, stand Helen vor ihm. Sie weinte.

„Mom, was ist los?", fragte er.

„Wir sollten jetzt rausgehen. Es beginnt."

„Was beginnt?" Peter spürte Panik in sich aufsteigen. Er wollte Helen fragen, wo Edward war, doch dann wurde ihm klar, dass sein Vater nicht mehr lebte. Helen war allein. Sie hatte nur noch ihren Sohn.

Sie nahm seine Hand. „Lass uns gehen", sagte sie ruhig.

Sie betraten die Terrasse und Peter sah all die Nachbarn, die sich ebenfalls in ihren Gärten versammelt hatten. Viele weinten. Andere standen nur da und starrten mit verzerrten Gesichtern nach oben.

Eine beängstigende Stille lag über der Stadt. Nur die leisen Geräusche weinender Menschen verhinderten eine vollständige Lautlosigkeit.

Plötzlich zog etwas wie ein dunkler Teppich über die Häuser. Auch Peter blickte jetzt nach oben. Sein ganzer Körper verkrampfte sich, sein Brustkorb schnürte ihm die Luft ab.

Er begriff.

„Oh mein Gott, sie sind gescheitert!", schrie er in dem Bewusstsein seines bevorstehenden Todes.

Ein Feuermeer erfasste den gesamten Himmel. Ein schreiender Chor setzte ein und wurde sogleich ausgelöscht durch das donnernde Getöse des die Erdatmosphäre durchstoßenden Asteroiden.

Ein brennender Schmerz durchzog seinen Körper. Er hob die Arme, sah, wie seine Haut eine knallrote Farbe annahm. Sie begann sich abzulösen. Das Feuermeer erfasste ihn.

Absolute Stille. Nichts.

18.

Peter schreckte aus dem Schlaf hoch. Aufrecht saß er in seinem Bett und schaute auf die Uhr. Neun Uhr am Morgen. Er legte sich wieder hin, starrte die Decke an.

Verflucht, was für ein Albtraum.

Ovalis war allgegenwärtig. Die nahende Katastrophe vermochte jeden Gedanken, jedes Gespräch zu kapern. Was gestern wichtig war, wurde heute belanglos.

Trotz der Einschränkungen der Pressefreiheit schienen auch die Medien kein anderes Thema als diesen, in irdischen Maßstäben, weit entfernten Asteroid zu kennen. Sonderberichterstattungen, Dokumentationen (animierte Darstellungen eines Asteroideneinschlages waren aber verboten) und Interviews mit Wissenschaftlern liefen scheinbar in einer Endlosschleife.

Die Menschen fingen an, ihren Staatenlenkern zu misstrauen. Es gab Gerüchte, die Situation sei, anders als in den Medien dargestellt, aussichtslos. Rettungspläne für eine ausgesuchte Gruppe von privilegierten Menschen, die die Erde verlassen sollten, würden existieren. Vor allem in den ärmeren Vierteln der Großstädte kam es vermehrt zu Unruhen.

Der offizielle Missionsstart war für den 27. Februar angesetzt. Drei Monate noch. Ob es Probleme gab, wusste Peter nicht. Kontakte zu offiziellen Stellen hatte er keine mehr. Er wurde zwar noch von der UNO bezahlt; seine Anstellung ruhte indes mangels Aufgabe.

Er hatte kaum noch soziale Kontakte. Nach der Rede vor dem UN-Sicherheitsrat hatte er seine Eltern besucht und war eine Woche geblieben. Seit seiner Rückkehr hatte er sich komplett zurückgezogen. Es gab nichts zu tun, und seine Arbeit hatte zuvor sein ganzes Leben eingenommen. Ohne sie fühlte er sich leer, verlassen, nutzlos. Er war unglücklich.

Sein Smartphone zeigte den Eingang einer Nachricht an.

Hallo, Peter! Bin in Washington. Können wir uns sehen? Gruß, Martina.

Er hatte Martina seit der Abreise aus Houston nicht mehr gesehen. Sie hatten zwar verabredet, in Kontakt zu bleiben, dennoch war Peter überrascht, dass sie sich bereits nach zehn Wochen meldete. Er freute sich aber, und lud sie zum Abendessen zu sich nach Hause ein.

Am frühen Abend stand Martina vor seiner Tür, und sie umarmten sich herzlich. Sie trug einen dunkelblauen Mantel, Peter half ihr beim Ablegen. Unter dem Mantel kam ein schwarzes, mit Rosenmotiven besticktes Seidenkleid zum Vorschein. Er mochte ihren typisch europäischen Style. Sie sah wirklich atemberaubend aus und er ärgerte sich darüber, sich nicht etwas mehr herausgeputzt zu haben. Seine abgetragene Lewis-Jeans und sein altes Harvard-Uni-Shirt waren ihm plötzlich peinlich.

Sie gingen ins Wohnzimmer. Peter hatte bereits den Esstisch für den anstehenden Abend vorbereitet. Kerzen, Essgeschirr, Besteck und weiße Leinenservietten, die er am Nachmittag eilig besorgt hatte, waren wohlgeordnet arrangiert. Zumindest insofern zeigte er also Benimm.

„Das Essen müsste gleich kommen. Ich habe beim Italiener bestellt. Setz dich doch.“

Martina schaute zum Esstisch und lachte. „Du hast dir ja richtig Mühe gegeben."

„Nun, es tut gut, Gesellschaft zu haben. Und ich hab mich sehr über deine Nachricht gefreut. Erzähl, wie ist es dir seit Houston ergangen? Hast du deine Arbeit bei Data-Base wieder aufgenommen?"

„Mir geht's gut. Wenn ich von der Tatsache absehe, dass die Welt in vier Jahren in Schutt und Asche liegen kann." Sie wirkte nachdenklich, lächelte aber. „Peter …" Sie hielt inne und blickte ihn mit ihren großen wachen Augen an, die mit schwarzem Kajal dezent verziert waren. „Ich kann nicht so dasitzen und abwarten. Es macht mich fertig. Deshalb …" Sie zögerte abermals, blickte auf ihren noch leeren Teller und zupfte an der laienhaft gefalteten Serviette. Schließlich hob sie den Kopf und sah ihm direkt in die Augen. „Deshalb habe ich mich bei der NASA für die Mission beworben."

Peter war nicht überrascht. „Ich versteh dich. Meinst du denn, dass sie dich nehmen? Und vor allem: Willst du das wirklich? Bist du dir der Konsequenzen vollkommen bewusst? Du wirkst auf mich etwas verunsichert."

„Ja, ich hab eine Scheißangst. Aber ich bin mir sicher, dass es das Richtige ist. Ich sprach mit

Baxter. Er sagte mir, es werden fünf Besatzungsmitglieder gesucht. Die Russen und die Europäer
sind mit jeweils einem Platz neben den Amerikanern gesetzt. Meine Chancen seien gut, weil ich
Europäerin bin und Data-Base die Bordsoftware
des Raumschiffes liefert. Sie wollen sich nach
wie vor so wenig wie möglich von Kira abhängig
machen. Und da ist noch etwas, Peter. Baxter
sagte mir, ich solle mit dir reden."

„Über was sollst du mit mir reden?"

Es klingelte. „Das wird das Essen sein. Ich geh
kurz …", sagte Peter und verschwand.

19.

Martina nutzte die Gelegenheit, um sich in dem großen Wohnzimmer umzuschauen. Ein Bücherregal, vollgestopft mit Fachliteratur, zog ihre Aufmerksamkeit auf sich, und sie stand auf und schlenderte hinüber. Auf einem der Bücher sah sie Peters Namen. Sie nahm das Buch in die Hand und blätterte flüchtig darin. Es war ein Sachbuch über Konfliktsteuerung, das er während seiner Zeit in Boston geschrieben hatte, und schon die wenigen Zeilen, die sie las, machten ihr einmal mehr klar, wie sehr Peter für seine Arbeit lebte.

In einigen Regalfächern standen Fotos. Martina erkannte Aufnahmen aus Peters Kindheit, Fotos seiner Eltern und solche, die sie seiner Uni-Zeit zuordnete. Sie suchte irgendein Bild einer Frau, die ihm nahestehen könnte, und konnte keins entdecken – gut so.

Auf einem kleinen Tisch neben dem Regal lag ein Baseballhandschuh. Peter hatte einen Softball in dem Handschuh abgelegt und an der Wand über dem Tisch entdeckte sie eine abgenutzte Stelle. Er nutzte die Wand augenscheinlich häufig zum Werfen. Sie nahm sich den Ball, zog den Handschuh über und wagte einen Wurf. Der Ball prallte ab, sie fing ihn sicher auf. Martina kicherte, aber schnell verschwand das Lachen wieder aus ihrem Gesicht. Sie würde allzu gerne mehr über diesen interessanten Mann erfahren, der auf so ungewöhnliche Weise in ihr Leben getreten war. Doch dafür würde es keine Gelegenheit mehr geben, jetzt nicht mehr.

Sie hörte, wie er sich vom Lieferanten verabschiedete. Schnell zog sie den Handschuh aus und legte ihn zusammen mit dem Ball auf den Tisch zurück. Sie ging zum Bücherregal, stellte sich mit dem Rücken davor und wartete.

20.

Peter kam mit dem Essen zurück. Pasta mit Meeresfrüchten hatte er bestellt, nicht zu deftig, um Martina nicht in Verlegenheit zu bringen.

„Nett hast du es hier."

„Eine Junggesellenbude", umschrieb Peter sein Domizil lächelnd, während er das Essen auf den Tellern verteilte. „Wein?"

„Oh ja, gern." Sie stand vor dem Bücherregal und schaute lächelnd zu, wie er den Wein eingoss. „Dein Auftritt bei den Vereinten Nationen hat sehr viel Furore gemacht."

„Du meinst, unser Auftritt", verbesserte er Martinas Worte der Anerkennung.

„Ja, ihr beide seid ein unschlagbares Team. Arbeitest du noch mit Kira?"

„Nein, meine Aufgabe bei der UNO ruht." Er zögerte kurz. „Ich habe aber genug zu tun", flunkerte er.

Sie saßen einander wieder gegenüber. Martinas braune Augen glänzten im Kerzenschein.

„Also, über was sollst du mit mir reden?"

„Über die Mission. Es ist ein Angebot, das du ausschlagen kannst." Sie unterbrach den Blickkontakt und schaute kurz auf ihren Teller, als müsse sie sich sammeln. Ganz leicht fiel ihr ihre Aufgabe offensichtlich nicht. „Die NASA schickt einen Psychologen mit; sie hätten dich gern dabei. Und Kira hat deine Teilnahme ebenfalls vorgeschlagen. Wir werden mindestens vier Jahre unterwegs sein. Du weißt, was das bedeutet. Es werden zwischenmenschliche Konflikte entstehen, die wie irgendwelche technischen Probleme den Missionserfolg gefährden könnten. Denk drüber nach, bitte."

Peter trank sein Weinglas leer. Er hatte fünf Jahre zuvor mit dem Rauchen aufgehört. Jetzt hätte er sich gerne eine Zigarette angezündet.

„Sie werden mich nicht zwingen?"

„Nein. Du bist aber dabei, wenn du zusagst."

Er zog die Stirn kraus und blickte sie ungläubig an. „Und sie schicken dich, um mich zu überzeugen?"

Martina schüttelte den Kopf. „Nein, sie schicken mich nicht. Ich bot mich an, mit dir zu reden, weil sie recht haben. Wir werden alles zurücklassen müssen, unsere Familien, Freunde, unser gewohntes Umfeld. Ohne Gewissheit auf Wiederkehr. Wir werden unter ungeheurem Druck stehen und werden trotzdem funktionieren müssen. Deine Teilnahme wäre konsequent und richtig, weil du der Beste für diese Aufgabe bist."

„Bis wann brauchen sie eine Entscheidung?", fragte Peter ruhig, zu ruhig vielleicht.

„Sie werden mit der Ausbildung in zwei Wochen beginnen. Du solltest dich also bald entscheiden."

„Gut. Lass uns essen."

Schweigend widmeten sie sich ihrer Mahlzeit. Peter zwang sich, seine Aufmerksamkeit nicht vollends von Martina abdriften zu lassen, trotzdem schien er sie zu verunsichern.

„Sei mir bitte nicht böse, Peter", unterbrach sie das Schweigen schließlich.

Er legte sein Besteck ab, schaute sie an und lächelte. „Ich bin dir nicht böse", sagte er nachdenklich. „Acht Milliarden Menschen – ein Fehler und sie sind alle tot. Ich kann mir keinen größeren Verantwortungsdruck vorstellen. Hinzukommt die Isolation. Kleinigkeiten werden zu gefährlichen Konflikten führen. Jemand sollte in der Tat da sein, der in der Lage ist, kritische Zustände zu erkennen und zu beeinflussen. Und diese kritischen Zustände wird es geben, ganz gleich wie viel Mühe und Sorgfalt sie in die Auswahl der Besatzung investieren."

Gedankenversunken starrte er auf seinen Teller. „Dieser jemand werde aber nicht ich sein", murmelte er und schloss die Augen. „Ich bin dieser Aufgabe nicht gewachsen."

„Ich sehe das anders. Du hast dich auf der ISS gut geschlagen …"

„Ich war fünf Tage da oben, Martina", unterbrach er sie. „Ich habe gar nichts. Die NASA hat erfahrene Leute, die Isolationsforschung betreiben. Sie brauchen mich nicht."

„Wer sind denn diese Leute? Die meisten dürften weit über fünfzig sein. Du bist jung und hast trotzdem ausreichend Erfahrung. Du bist eine Größe auf dem Gebiet der Verhaltenspsychologie."

Offensichtlich beeindruckten seine Argumente sie nicht im Mindesten.

„Was ist mit uns, Martina?", fragte er plötzlich.

Sie sah ihn ungläubig an. „Ich wusste nicht, dass …"

„Du wusstest nicht, dass ich dich mag?", kam Peter ihr zuvor.

„Nein, ich …“ Sie atmete plötzlich schwer. „Wäre es denn schädlich, wenn sich Besatzungsmitglieder mögen?“

„Im Gegenteil. Aber wenn es mehr wird, kann es zu Problemen kommen.“

Sie fasste sich wieder. „Dann wird es nicht dazu kommen“, sagte sie entschlossen und stand auf. „Ich werde jetzt gehen, Peter.“ Ohne ihn anzusehen ging sie zur Wohnungstür und zog ihren Mantel über.

Peter folgte ihr. „Martina, ich …“ Er stand jetzt direkt vor ihr und schaute ihr in die Augen.

„Denk bitte noch mal ernsthaft darüber nach“, flehte sie ihn an. Im nächsten Moment hatte sie sich vorgebeugt und ihm einen Kuss gegeben.

Seine Hände berührten ihren zierlichen Hals. Er zog sie vorsichtig an sich heran. Ihr Duft, ihr Geschmack. Sein Verlangen steigerte sich ins Unermessliche. Seine Lippen streiften ihre Schläfe, und er wollte sie fester umarmen. Martina jedoch schob ihn schließlich sanft von sich.

„Bitte, Peter …“, sagte sie atemlos. Sie öffnete die Wohnungstür und ging die Treppe hinunter zum Hauseingang. Sie schaute noch ein letztes Mal zu Peter hoch, der sie wortlos anstarrte.

Er dachte in diesem Augenblick nicht an sich oder an den Asteroiden, der unbarmherzig seinen

Weg zur Erde fortsetze. Er dachte an sie, an Martina. Er dachte an die Frau, die er liebte. Und er fasste einen Entschluss.

Am nächsten Tag hatte Baxter Peters Bewerbung für die Missionsteilnahme auf dem Schreibtisch.

21.

„Wir sind soweit", schrie Oleg Kotow in sein Funkgerät. „Aktiviere die Automatik und lass das Element jetzt ab!" Ein riesiger Hallenkran beförderte das zehn Tonnen schwere Bauteil des Impaktors Millimeter für Millimeter computerlasergesteuert in seine vorgegebene Position. Es war das erste Element von insgesamt einhundert Bauteilen der Impaktor-Außenhülle.

Oleg war Vermessungstechniker und Vorarbeiter der Sektion XII-B, die für die Zusammenführung der Bauteile zuständig war. Er war einer der wenigen Arbeiter, die nicht aus der russischen Raumfahrtindustrie kamen.

Oleg stand in der Mitte einer sich langsam füllenden riesigen Rund-Halle, die eigens für die Erbauung und den Start des Impaktors in Wostotschny errichtet worden war. Das Halleninnere ähnelte wegen der gewaltigen stählernen Einzelteile des Impaktors, den funkensprühenden Arbeiten allerorts und dem dadurch freigesetzten beißenden Geruch verbrannten Stahls eher dem Baudock einer Werfthalle als einer Produktionshalle von Kosmos.

Oleg sah, wie Waleri Padalka, einer der führenden Kosmos-Raumfahrtingenieure, die Halle betrat. Den Anzugträger neben Padalka kannte er nicht. Wahrscheinlich wieder ein Klugscheißer aus Moskau, dachte er.

Die beiden schritten direkt zu Oleg.

„Wie geht's voran, Kotow? Wie viele Elemente haben sie geliefert?", schrie Padalka direkt in Olegs Ohr, um dem schallenden Lärm zu trotzen.

„Zwanzig Elemente haben wir vorrätig", schrie Oleg jetzt in Padalkas Ohr. „Eine Woche liegen wir noch zurück. Angesichts des knappen Zeitrahmens immer noch wesentlich. Wir werden den Rückstand durch weitere Überstunden aber aufholen können, denke ich. Sie sollten denen in Moskau trotzdem etwas Feuer unterm Hintern machen …"

Padalka räusperte sich. „Nikolai Deschurow vom Verteidigungsministerium."

Deschurow gab Oleg, der von der Prominenz des Besuchers unbeeindruckt war, die Hand. „Es freut mich zu hören, dass ihr die Probleme in den

Begriff bekommt", schrie er mit einem bärtigen Grinsen. „Moskau hat die baldige Lieferung der restlichen Elemente zugesagt." Mit Blick zu Padalka fuhr er kreischend fort: „Die Proton-Triebwerke wurden geliefert?"

„Ja, hier sind wir im Zeitplan", verkündete Padalka stolz.

„Weitere Verzögerungen können wir uns aber nicht mehr erlauben", stellte Oleg klar.

Die drei standen jetzt direkt unter dem inzwischen endgültig positionierten Impaktorelement. Ein gewaltiger Stahlkoloss, der sich nach wenigen Tagen in das riesige Puzzle eingefügt haben würde. Das Nachbarelement hing bereits am vertikal und horizontal beweglichen Hallenkran.

„Wie werden die Teile verbunden?", brüllte Deschurow mit nach oben geneigtem Kopf.

„Durch Bolzen und eine neuartige Kleberverbindung", erklärte Padalka laut. „Atombombensicher!", fügte er lächelnd hinzu.

„Gut, gut", sagte Deschurow. „Bleibt zu hoffen, dass dieses Computerhirn weiß, was es tut."

22.

„Fünfzehn Sekunden bis zum Start", verkündete das Kontrollzentrum in Koroljow.

Der Impaktor stand jetzt frei auf der Startrampe, die Halle um ihn herum war entfernt worden. Wie ein deplatziertes überdachtes Fußballstadion ragte er nach drei Monaten Bauzeit auf dem Kosmodrom Wostotschny, umgeben von einem dünnbesiedelten Waldgebiet, empor. Die Bezeichnung *Goliats Suppenteller* hatte die Runde gemacht. Erbaut, um mehreren hundert kleinen Atomexplosionen standzuhalten, die freiwerdende Energie perfekt zu kanalisieren und mit seiner Masse und Geschwindigkeit einen Asteroiden aus seiner todbringenden Bahn zu werfen. Er hatte einen Durchmesser von fast dreißig Metern und wog mit dem Treibstoff, der seine achtzig Triebwerke für den Start versorgen sollte, zwanzigtausend Tonnen. Ein gewaltiger Schub war erforderlich, um diese sperrige Stahlplatte in den Orbit zu befördern.

Der Großteil der Menschheit schaute gebannt auf dieses zentrale Ereignis der Ovalis-Mission, wie sie offiziell genannt wurde. Der Start wurde live in alle Länder der Erde übertragen.

Die letzten Sekunden vor dem Start wurden heruntergezählt. Die Triebwerke zündeten. Eine Rauchfontäne schoss in die Höhe und schloss den Impaktor vollständig ein. Flammen wurden sichtbar. Langsam erhob sich die Stahlplatte. Die Geschwindigkeit nahm allmählich zu. Es sah Sekunden nach dem Zünden der Triebwerke für einen Augenblick so aus, als würde die Erdgravitation den Kampf gewinnen und den sich wenige Meter über dem Boden befindlichen Impaktor wieder zu sich ziehen. Ein Fehlstart hätte angesichts des knappen Zeitfensters das sichere Aus in jeder Beziehung bedeutet. Das wussten die Menschen, die gebannt auf ihre Bildschirme starrten, doch dann siegte die physikalische Gewissheit und ließ ihn abheben. Wie ein in einem Gewand von Rauch eingehüllter, überdimensionierter Flaschenkorken schoss er durch die Erdatmosphäre. Nach wenigen Minuten war er mit bloßem Auge schon nicht mehr erkennbar.

23.

Peter und Martina saßen angeschnallt in ihren Sitzen und unterhielten sich. Bean war mit Check-ups beschäftigt. Und der Russe Sergei Waldimirow schlief angeschnallt in seinem Sitz. Für ihn, einen erfahrenen Kosmonauten, war der Flug zur ISS wie für Copper und Bean Routine. Und als Atomphysiker war er der Beste für den Job, das Funktionieren des nuklearen Impulsantriebes während der Mission sicherzustellen. Da es für Sergei während des Fluges nichts zu tun gab, war Schlafen nach sieben Stunden in der Orionkapsel nicht die schlechteste Idee.

„Da ist sie", murmelte Copper plötzlich. Er schaute sich um und als niemand reagierte, wiederholte er seine Entdeckung lauter: „Wir können die Survival jetzt sehen!"

Martina schwebte zu Copper ans Fenster. Bevor sie dies tat, gab sie Sergei einen leichten Klaps auf den Hinterkopf, der ihn weckte.

„Oh, mein Gott. Es ist riesig", sagte sie, als sie das Raumschiff sah, wie es zusammen mit dem Impaktor an der ISS dockte.

Vier Starts des Space Launch Systems, der US-amerikanischen Trägerrakete, mit einer Nutzlast von jeweils circa einhundert Tonnen sowie drei Starts der europäischen Trägerrakete Ariane bedurfte es, um das Raumschiff in den Orbit zu befördern. Getauft wurde es auf dem Namen Survival – das Ergebnis einer internationalen Umfrage.

Wie die ISS bestand die Survival aus mehreren Modulen, die im Notfall durch Luken abgetrennt werden konnten. Das Schwungrad-Modul mit einem Durchmesser von zwanzig Metern, direkt vor dem Impaktor verbaut, war die Innovation des Raumschiffes. Eine Zentrifuge erzeugte achtzig Prozent der Erdschwerkraft – es war der Wohnbereich der Besatzung. Der Zentrifuge schloss sich an deren Zentrum das schwerkraftlose Versorgungsmodul an, zu dem auch das Cockpit gehörte, und schließlich befand sich hier ein Kopplungsmodul, an dem die Luftschleuse für die Außenbordeinsätze, kurz EVA, die Orion und ein Technikmodul angedockt waren.

„Der uns zur Verfügung stehende Aufenthaltsbereich ist gar nicht so groß, Martina“, erklärte Bean, während er den automatischen Andockvorgang durch Einstellungen an der vor ihm befindlichen Konsole routiniert vorbereitete. „Lediglich der Impaktor vermittelt den Eindruck eines riesigen Raumschiffes.“

„Wir Russen stellen euch Amerikaner wie immer in den Schatten“, scherzte Sergei.

„Was wir hier sehen ist das Werk einer internationalen Zusammenarbeit, die bei aller Dramatik der Situation hoffen lässt“, sagte Peter staunend, der Martinas Platz am Fenster eingenommen hatte.

„Du hast recht“, erwiderte sie, inzwischen wieder in ihrem Sitz angeschnallt, „bei allen Konflikten, Kriegen und nationalen Eitelkeiten zeigt uns die Katastrophe, dass die Menschen in der Lage sind, zusammenzuhalten, um globale Bedrohungen gemeinsam zu bekämpfen.“

„Mr. Walter, nehmen Sie jetzt bitte wieder Ihren Platz ein“, befahl Copper. „Wir docken in wenigen Minuten an der Survival an.“

24.

„Herzlich willkommen auf der Survival“, begrüßte Kira die in das Versorgungsmodul des Raumschiffes schwebende fünfköpfige Besatzung.

„Wir starten in zwei Stunden, wenig Zeit“, sagte Copper, obwohl seine Erklärung überflüssig war. Jeder der Anwesenden wusste genau, wie der zeitliche Ablauf bis zur ersten Zündung des nuklearen Impulsantriebs aussah. Sie hatten jede vorhersehbare Kleinigkeit während der dreimonatigen Ausbildung mehrmals simuliert.

„Kira!“, sagte Peter. „Schön, deine Stimme zu hören.“ Er hatte trotz des straffen Zeitplanes die notwendige Höflichkeit ihr gegenüber beim Kommandanten vermisst.

„Es ist gut, Sie wiederzusehen, Peter“, erwiderte Kira. „Mr. Copper hat recht. Wir haben wenig Zeit für Vorbereitungen. Leiten wir also das Abdockmanöver ein.“

Peter schüttelte irritiert den Kopf. War es ihr wirklich gleichgültig, wie sie behandelt wurde?

Der zweite Tag

Der Start der Reise zu Ovalis war zweistufig. Zunächst hatte sich das Raumschiff fünfundsechzigtausend Kilometer auf konventionelle Art von der Erde entfernt, um beim Zünden des nuklearen Impulsantriebs einen möglichen Fallout in die Erdatmosphäre auszuschließen. Dann erst begann die eigentliche Beschleunigungsphase. Dazu musste sich die Besatzung in Einzelkabinen begeben, die sie vor den auftretenden Beschleunigungskräften schützten. Diese Kabinen standen der Besatzung während des gesamten Fluges außerdem als Zufluchtsorte für den Fall tödlicher Strahlungseinwirkungen und bei lebensbedrohlichen Problemen am Lebenserhaltungssystem des Raumschiffes zur Verfügung. Sie waren vollständig autark arbeitende Lebenserhaltungssysteme – kleine Rettungsinseln.

„Begeben Sie sich nun bitte in Ihre Schutzkabinen“, sagte Kira. „Wir erreichen den Startpunkt in T minus zwanzig Minuten.“

Kurz darauf schwebten die Besatzungsmitglieder schweigend vor ihren Kabinen. Peter sah zu Martina, die ruhig wirkte. Er beobachtete, wie sie sich in die kleine Kabine schwang und sich festschnallte. Sie lächelten einander an. Während der gesamten Ausbildungszeit in Houston hatten sie nie über den Kuss in Washington geredet. Absolute Professionalität. Sollten sie gleich sterben, bliebe vieles unausgesprochen.

Peter hatte Angst. Jeder der Besatzungsmitglieder hatte Angst. Sie waren sich des Risikos bewusst.

„Wir versuchen jetzt etwas völlig Neues“, kündigte der Kommandant das bevorstehende Abenteuer in einem pathetischen Ton an. „Beten wir, dass die Prallplatte standhält. Dann sehen wir uns nach der Beschleunigungsphase mit Kurs auf Ovalis wieder. Retten wir also die Erde!“

Sie schlossen ihre Schutzkabinen.

Sie lagen jetzt alle in ihren Kabinen: Peter Walter, Martina Beckstein, Richard Bean, John Copper und Sergei Waldimirow. Kira war die Einzige, die in das Geschehen noch eingreifen konnte. Ging bei der Zündung der nuklearen Sprengsätze jedoch etwas schief, konnte auch sie das Unvermeidliche nicht abwenden. Sie begann die letzten Sekunden herunterzuzählen: „Fünf, vier, drei, zwei, eins ...“

Der erste nukleare Sprengsatz detonierte – etwa dreißig Meter von der Prallplatte entfernt. Ein gewaltiger Stoß traf die Prallplatte, die sich zurückzog, den Großteil der Kraft abfing und zurückschnellte. Das Stoßdämpfersystem funktionierte.

War es im Vakuum ein geräuschloser Vorgang, so breitete sich – dem Getöse angemessen – im Inneren der Survival ein ohrenbetäubender Lärm aus. Die Besatzung hörte diesen Lärm in ihren Schutzkabinen nicht. Sie hörten auch den schmerzerfüllten Schrei von Bean nicht.

Nach einer Sekunde die nächste Detonation. Peter kniff die Augen zusammen. Er vernahm den unangenehmen Druck der Beschleunigungskraft. Er wusste jedoch, dass die Systeme funktionierten. Hätten sie es nicht getan, wäre er, ohne es zu merken, vergangen. Es war, als würden sie russisches Roulette spielen. Die Trommel des Revolvers drehte sich bereits wieder, dann die Betätigung des Abzuges. Glück gehabt. Durchatmen. Die Trommel drehte sich ... Abzug ...

Glück gehabt. Durchatmen. Fünfzigmal wiederholte sich dieser Vorgang im Sekundentakt. Dann setzte der nukleare Impulsantrieb aus. Die erste Beschleunigungsphase war beendet.

Peter bemerkte durch das kleine Sichtfenster seiner Schutzkabine Copper, der hektisch aus der gegenüberliegenden Kabine stürmte. Der Kommandant schwebte auf Bean zu, dessen Kabine Peter durch sein Fenster nicht sehen konnte, da sie sich rechts von ihm befand. Im nächsten Moment sah er Copper zu Sergei schweben, der sich gerade abschnallte. Coppers Lippen bewegten sich. Peter hörte nicht, was er sagte, erkannte jedoch Verzweiflung in dem Gesichtsausdruck des Kommandanten. Was um Himmels willen war geschehen? Zögerlich öffnete er seine Schutzkabine.

Der Lärm traf ihn hart – ein schriller Signalton.

„… haben versagt!“, hörte er den Kommandanten noch rufen.

„Wie konnte das passieren!“, schrie Sergei.

Peter schnallte sich ab und schwebte zu Beans Schutzkabine. Blut waberte aus Beans Mund.

„Nein!“, schrie Martina verzweifelt, die hinter Peter schwebte.

Der Pilot lag bewegungslos in seiner Kabine.

25.

„Kira, schalte diesen verdammten Krach ab!“, schrie Copper mit Blick in eine der Kameras. Der nervende Signalton erlosch.

„Ist er tot?“, winselte Martina.

„Nein, er ist bewusstlos“, bemerkte Copper. „Kira! Was ist passiert?“

„Das Trägheitssystem der Kabine ist ausgefallen“, erklärte Kira. „Bean war vermutlich während der gesamten Beschleunigungsphase vor den auftretenden Kräften ungeschützt. Sie sollten ihn jetzt in die Zentrifuge bringen. Dort können wir ihn untersuchen.“

Die Zentrifuge, die nach der Beschleunigungsphase automatisch ihre Arbeit aufgenommen hatte, verfügte über eine kleine Krankenstation, die mit einigen diagnostischen Geräten ausgestattet war. Vor dem Abflug hatte die Besatzung eine dreitägige Erste-Hilfe-Ausbildung absolviert.

Über nähere medizinische Kenntnisse verfügten sie nicht, was auch nicht notwendig war, da Kira entsprechendes Wissen besaß.

Sie legten Bean auf eine Liege in der Krankenstation, ein kleiner Raum vollgestellt mit technischen Geräten, die eine intensivmedizinische Versorgung ermöglichten. Über der Liege befand sich eine Scaneinheit, mit der die Raumfahrer eine computertomographische Aufnahme machen konnten. Kira führte die Untersuchung durch. Martina und Sergei assistierten.

„Er hat einen Schädelbasisbruch, ferner ist das Nasenbein gebrochen", sagte Kira, nachdem sie die Untersuchungsdaten ausgewertet hatte. „Diese Verletzung hat er sich vermutlich zugezogen, als er mit dem Schädel gegen die Kabinenscheibe prallte. Die Kabine, die ihn schützen sollte, wurde zur tödlichen Falle. Ich gehe von einem schweren Schädel-Hirn-Trauma aus. Noch gravierender schätze ich die innere Kopfverletzung ein. Es sind Knochensplitter in das Gehirn eingetreten. Und ich konnte ein Blutgerinnsel im Okzipitallappen feststellen."

Kiras Diagnose folgte ein Moment der wortlosen Fassungslosigkeit.

„Was können wir tun?", wollte Martina wissen, die als erste ihre Sprache wiederfand.

„Ich befürchte, dass wir wenig tun können“, sagte Kira. „Für einen operativen Eingriff in der gebotenen Form haben wir nicht die Mittel. Stoppt die Einblutung nicht von allein, stirbt er …“

„Scheiße, Scheiße!“, brüllte Copper. „Wie kannst du das sagen. Niemand wird sterben! Wir brechen die Mission ab. Ich nehme Kontakt mit Houston auf.“

„Wir können die Mission nicht abbrechen, Mr. Copper“, stellte Kira klar. „Das ist schon faktisch unmöglich und Sie wissen das.“

„Sie hat recht“, sagte Sergei, dem der Schock wegen seiner generell kreidebleichen Hautfarbe als einziger nicht buchstäblich ins Gesicht geschrieben war.

„Wir kannten alle das Risiko“, ergänzte Peter. „Wir sollten jetzt trotz des Unglücks ruhig bleiben. Warten wir die Anweisungen von der Erde ab.“

„Martina, checken Sie bitte die Bordsysteme“, befahl Copper in einem ruhigeren Tonfall. „Ich will einen Lagebericht in spätestens einer Stunde.“

„Mr. Copper, die Systeme arbeiten fehlerfrei“, warf Kira ein.

„Checken Sie die Systeme, Martina!", wiederholte Copper unbeeindruckt.

„Ja, Sir!", bestätigte Martina und verschwand
ins Cockpit.

26.

Das Cockpit der Survival befand sich im vorderen Bereich des schwerkraftlosen Versorgungsmoduls. Alle technischen Systeme konnten von dort kontrolliert werden. Auch die Bahnmanöver und die Kommunikation mit Houston wurden von diesem Ort aus durchgeführt.

Martina schwebte ins Cockpit. Sie schnallte sich in einem der beiden vor der Steuerkonsole befindlichen Schalensitzen fest. Ihre Finger flogen geübt über die Tastatur, sie betätigte das Touchpad. Schritt für Schritt wanderte sie durch die Systeme des Raumschiffes, öffnete Menüs und Eingabefenster, gab Befehle ein. Der Vorgang dauerte zwanzig Minuten.

„Abgesehen vom Totalausfall der Schutzkabine arbeiten alle Systeme in der Tat einwandfrei", sagte sie schließlich zu Copper, der angeschnallt neben ihr saß.

„Gut, dann informiere ich jetzt Houston über unsere Situation", sagte der Kommandant.

„Copper, Beans Schutzkabine ist vermutlich nicht zu reparieren", sagte Martina, während sie nachdenklich auf den Monitor vor sich starrte. „Wenn Richard überlebt, fehlt sie uns spätestens für die zweite Beschleunigungsphase kurz vor dem Impakt."

„Es ist ziemlich unwahrscheinlich, dass er die Verletzung ohne Behandlung überlebt", murmelte Copper, ohne Martina anzuschauen. „Und wenn er überlebt, finden wir eine Lösung." Er hatte noch nie einen Astronauten unter seinem Kommando verloren. Vor zehn Jahren hatte er während des Wiedereintritts nach einem Testflug mit der Orion ein Problem mit dem Schutzschild. Es war knapp, aber eine manuelle Korrektur ihres Eintrittswinkels hatte eine Katastrophe verhindert. Das hier, begriff Copper, war eine völlig andere Situation. Es gab nichts, was er tun konnte, um Richards Überlebenschance zu erhöhen, kein geniales Manöver, keine Idee eines erfahrenen Kommandanten. Der Schock saß tief, es fiel ihm schwer, die Katastrophe zu akzeptieren. „Warten wir ab, was Houston sagt", sagte er leise, während er aus dem Cockpitfenster

schaute. Er sah die Sterne. Sie waren zwei Tage
unterwegs.

27.

Der fünfundzwanzigste Tag

Richard Bean lag in einem tiefen Koma. Die Blutung hatte sich weiter ausgebreitet. Sie hatte sein Gehirn zerstört, sein Bewusstsein ausgelöscht, die Hirnschädigungen waren irreparabel.

Sein Herz schlug, selbstständig atmen konnte er indes nicht mehr. Auch Gehirnaktivitäten waren nicht mehr messbar. Es gab keine Hoffnung, dass Bean erwachen würde. Sie mussten akzeptieren, dass Richard Bean tot war.

Houston verlangte eine Entscheidung. Sie hatten sie vor drei Tagen getroffen.

„Es sieht so aus, als würde er schlafen", flüsterte Peter.

Zusammen mit Martina stand er am Bett der Krankenstation, in dem Bean lag. Die Beatmungsmaschine arbeitete, das regelmäßige Pump-

Geräusch vermischte sich mit dem Piepton der Herz-Kreislauf-Überwachung und dem Ventilatorengeräusch. Die Szenerie unterschied sich nicht von der einer jeden anderen Intensivstation auf der Erde. Auch der Schritt, vor dem sie jetzt standen, war nichts Ungewöhnliches. All die Technik konnte das Leben des Patienten nicht mehr retten. Nur gab es auf der Survival keinen Arzt, der ihnen diese schlechte Nachricht mitteilte, der ihnen die Entscheidung abnehmen konnte. Sie mussten es selbst tun.

Martina hatte in den vergangenen Wochen die Aufgabe übernommen, den Piloten zu pflegen. Wohl deswegen fiel es ihr am schwersten, loszulassen. Sie drehte sich zu Peter um, der hinter ihr stand. „Es fühlt sich falsch an, Peter.“

„Richard ist tot, Martina“, erwiderte er leise. „Es gibt nichts, was wir noch für ihn tun könnten.“

Copper und Sergei kamen hinzu.

Niemand sagte über mehrere Minuten hinweg ein Wort.

„Es wird Zeit“, sagte Copper schließlich mit kreidebleichem Gesicht. „Bringen wir es zu Ende.“ Der Kommandant wirkte gefasst, aber mit Sicherheit war das nur die äußere Fassade. Er trat vor das Sterbebett des Piloten, legte seine Hand auf Beans Stirn. „Finde deine Ruhe, Richard“, sagte er leise. Dann schaltete er die Beatmungsmaschine ab.

Ein kurzes Stöhnen und Röcheln waren zu vernehmen, als der tote Körper die letzten Lebensfunktionen einstellte. Sein Herz hörte zu schlagen auf.

Sie schwebten schweigend in der Luftschleuse. Vor ihnen, an der Außenluke, schwebte der tote Pilot, der sich ohne zu zögern aufgemachte hatte, um die Erde, die Menschheit vor dem Untergang zu bewahren. Dem erfahrenen Astronauten waren die Gefahren der Mission bewusst gewesen, er hatte sich geopfert.

„Er war ein Held“, sagte Copper mit gebrochener Stimme. Er krümmte sich plötzlich in seiner schwebenden Haltung. Seit Wochen hielt er seine Trauer zurück.

Peter schwebte zu ihm, fasste ihn an die Schulter. „Lassen Sie es raus“, sagte er. „Der Schmerz zerfrisst Sie sonst.“

„Es geht wieder“, sagte Copper. Er holte tief Luft und atmete laut aus, als wollte er die innere Qual so aus seinem Körper verbannen. Dann schwebte er aus der Luftschleuse. Die anderen

folgten ihm, Martina weinte leise und unaufhör-
lich.

Copper schloss die Luke zur Luftschleuse.

„Kira, öffne die Außenluke", befahl der
Kommandant. Die Außenluke öffnete sich.
Richard Beans Leiche wurde in den Weltraum
geschleudert.

28.

Der zweihundertfünfzigste Tag

„Kira, spiel das Signal noch mal ab", befahl Copper, der angeschnallt im Cockpit saß. Mit seinem teilweise ergrauten Vollbart, den er sich während der letzten Monate hatte stehen lassen, wirkte er um Jahre gealtert. Beans Tod hatte ihn gezeichnet. Für ihn war es kein tragischer Unfall gewesen. Er gab sich, dem Kommandanten der Survival, die Schuld.

„Sie werden nichts finden, Copper."

„Spiel das verdammte Signal ab!", rief er zornig. Er hatte sich das Signal in den letzten Wochen immer und immer wieder angehört. Ergebnislos. „Es macht doch keinen Sinn, uns ein Signal zu schicken, dass wir nicht entschlüsseln können."

„Wenn wir es entschlüsseln sollten, hätten Sie recht“, sagte Kira. „Wahrscheinlicher ist, dass das Signal nicht diesen Zweck hat. Es ist eine verschlüsselte interne Kommunikation, deren Schlüssel wir nicht haben. Es sagt uns nur, dass sie da draußen sind.“

Die NASA hatte die Entschlüsselungsversuche bereits vor Monaten eingestellt. Sie hatten eigene Signale gesendet, aber nie eine Antwort bekommen. Nur das ursprüngliche Signal mit unveränderter Tonfolge erreichte sie ununterbrochen.

Copper traute der künstlichen Lebensform trotz dieser Fakten nach wie vor nicht. An Gesprächen oder gar Diskussionen mit ihr war er nicht interessiert, deshalb unterließ er weitere Nachfragen.

Stattdessen schwebte er jetzt mit finsterer bärtiger Miene zum Übergang in die Zentrifuge. „Kommen Sie bitte alle in die Lounge“, sprach er in eines der Kommunikationsmikrofone, bevor er in das Schwungrad hinaufstieg.

29.

Die Lounge war der öffentliche Aufenthaltsbereich der Survival, in dem die Funktionalität nicht, wie in den meisten anderen Bereichen des Raumschiffes, im Vordergrund stand. Sie hatten auf der Erde eigens Innenarchitekten damit betraut, ihr eine angenehme Atmosphäre zu geben. Die Lounge sollte der zentrale Begegnungsort der Besatzung sein. Helle, warme Farben bestimmten daher den Raum.

Im Zentrum der Lounge stand ein großer weißer ovaler Tisch, an dem sie gemeinsam ihre Mahlzeiten einnehmen sollten, sowie eine hufeisenförmige und bequeme Couch für entspannte Gespräche.

In allen Bereichen der Zentrifuge konnte Kira von der Kommunikation ausgeschlossen werden. In den Privatkabinen war das generell der Fall, dort mussten sie Kira aktiv erlauben, an Gesprächen teilzunehmen. In der Lounge gab es einen Schalter, um diese Funktion zu aktivieren. Als Copper die Lounge betrat, betätigte er den entsprechenden Schalter.

„Was ist los?", wollte Peter wissen, der zusammen mit Martina und Sergei auf der Couch der Lounge Platz genommen hatte.

„Was ist, wenn sie uns allen etwas vormacht?", sagte Copper, der vor der Couch stehen geblieben war.

„Wer macht uns etwas vor?", fragte Martina.

„Kira. Ich trau ihr keinen Meter über dem Weg."

Peter schaute ungläubig in die Runde. „Wie kommen Sie darauf, Copper. Wenn Kira nicht wäre, dann …"

„Ich kann dieses Geschwafel nicht mehr hören!", donnerte Copper los. „Wir rennen doch alle wie die Lemminge dieser elektronischen Blechdose hinterher, ohne die Dinge wirklich zu hinterfragen."

„Copper, wir sind nervlich alle ziemlich angespannt", sagte Peter in einem bewusst ruhigen Tonfall. „Wir sollten jetzt nicht beginnen, uns gegenseitig zu misstrauen. Für Ihre Verdächtigungen gibt es keine Anhaltspunkte."

„Ach nein?", entgegnete Copper zornig. „Was ist mit dem geheimnisvollen Signal, das dieses Ding sendet? Erzählt mir nicht, dass sie nichts davon wusste. Sie hatte es verschwiegen. Hätte die NASA das Signal nicht entdeckt, dann …"

„Das wissen wir doch gar nicht", wandte Peter ein. Zwar erinnerte er sich deutlich an Kiras untypisches Verhalten, an ihre Zurückhaltung, als sie auf der ISS von dem Signal erfahren hatten, aber Coppers Schlussfolgerungen vermochte er dennoch nicht nachzuvollziehen.

Er stand auf und trat vor den Kommandanten. „Das ist reine Spekulation", sagte er ernst. „Im Übrigen hat die NASA das Signal doch untersucht. Sie haben bestätigt, dass es kein Kommunikationsversuch ist. Das haben wir alles bereits ausgiebig diskutiert."

Er war nervös, wollte die Nervosität aber auf keinen Fall zeigen. Die Situation durfte ihm jetzt nicht entgleiten, es war sein Job, sie in den Griff zu bekommen. Was er brauchte, waren schlichtende Argumente. „Copper, wir …"

„Und wer sagt uns, dass Richards Kapsel wirklich zufällig ausfiel?", fiel Copper ihm ins Wort. „Vielleicht hat sie die Kapsel manipuliert."

„Das geht entschieden zu weit, Copper", sagte Peter laut. Wie zwei Kampfhähne standen sie sich gegenüber. Diese Diskussion musste enden, und zwar zügig. „Richards Tod nimmt uns alle mit. Das ist normal und wir müssen damit leben. Sein Tod war ein tragischer Unfall, an dem niemand, wirklich niemand, die Schuld trägt. Weder Kira noch Sie, Copper."

Er schaute Martina auffordernd an. Sie musste die Anschuldigungen jetzt durch Fakten widerlegen, er wusste, dass sie dazu in der Lage war. „Du hast die Kapsel doch untersucht. Gibt es irgendwelche Anhaltspunkte einer Manipulation?"

„Nein, die gibt es nicht", erwiderte sie leise. Scheinbar fühlte sie sich unwohl. „Die Ursache war das Versagen eines Stoßdämpfers. Das wiederum hat eine Kettenreaktion ausgelöst, die zum Totalausfall des Trägheitssystems führte. Es war eindeutig ein Hardwarefehler."

„Damit sollte diese Diskussion beendet sein, Copper", sagte Peter. „Sie sind der Kommandant. Es ist Ihre Aufgabe, die Crew beisammenzuhalten, und unsere Mission ist noch nicht beendet. Wir dürfen nicht versagen. Was Sie hier tun, halte ich für überaus gefährlich. Hören Sie damit auf und reißen Sie sich zusammen."

Sie sahen einander wortlos in die Augen. Es hatte den Anschein, als würden sie ihre Diskussion durch Gedankenübertragung fortsetzen. Dann entspannte sich Coppers Mimik. Er winkte ab und verließ die Lounge.

30.

Der zweihundertfünfundneunzigste Tag

„Die wievielte Runde?", rief Martina, die auf der Couch der Lounge saß und an ihrem Laptop arbeitete. Jedenfalls tat sie so. Tatsächlich beobachtete sie Peter, wie er in der Zentrifuge seine Runden joggte.

„Die zweiundsechzigste", antwortete er beim Vorbeirennen.

Seit vier Wochen saß sie bereits an dem Entwurf eines Aufsatzes über intelligente neurale Netzwerke in der automatisierten Industrie, einem Thema, dem sie sich als Projektleiterin bei Data-Base gewidmet hatte, bevor Baxter sie nach Washington geholt hatte. Sie wollte die Arbeiten unbedingt vor der nächsten Beschleunigungsphase abgeschlossen haben. Diesen Termin hatte sie sich selbst gesetzt, niemand hier zwang sie, diese Arbeit überhaupt zu machen. Wie so oft war sie es ganz allein, die sich unter Druck setzte, die alles der Arbeit unterordnete.

Sie ließ das Leben an sich vorbeiziehen, so wie es Peter gerade Runde für Runde tat. Nicht ein einziges Mal hielt er an, um sich zu ihr zu setzen und einen privaten Augenblick mit ihr zu erleben.

Sie erinnerte sich an Washington, an den Abend bei Charlie's Diner. Sie erinnerte sich an den Kuss in Peters Appartement, und daran, wie er ihr gesagt hatte, dass er sie mag und dass es mehr werden könnte. Sie hatte ihn von sich gestoßen, hatte wieder eine Gelegenheit an sich vorbeiziehen lassen. So tat sie es auch hier Tag für Tag, an diesem von der restlichen Welt abgetrennten Ort.

Sie beobachte ihn, wie er sein braunes Haar, das er seit dem Start hatte wachsen lassen, beim Rennen immer wieder hinter seinen Ohren fixierte. Sie sah den Schweiß, der langsam sein T-Shirt durchtränkte. Sie hatte Bedürfnisse, die dieser sportliche attraktive Mann erfüllen könnte, das spürte sie immer deutlicher.

Sie blickte auf, erwartete Peters nächste Umrundung. Er aber war längst verschwunden, in seine Kabine vermutlich, und sie hatte es nicht einmal gemerkt.

Eine verpasste Gelegenheit. Und das war gut
so.

31.

Der dreihundertvierundfünfzigste Tag

Die Survival hatte mittlerweile eine Entfernung von fünfundzwanzig astronomischen Einheiten zurückgelegt. Eine Kommunikation mit der Erde war seit Monaten nur noch mit vielen Stunden Verzögerung möglich. Sie waren auf sich allein gestellt.

Copper hatte sich immer mehr zurückgezogen. Größtenteils hielt er sich im Cockpit auf und starrte auf die fernen Sterne. Mit seinen Anschuldigungen hielt er sich seit dieser Auseinandersetzung zurück.

Peter hatte vor zwei Monaten damit angefangen, wöchentliche Einzelgespräche mit der Besatzung zu führen, um möglichen Auswirkungen der Isolation auf die Psyche entgegenzuwirken. Zudem halfen sie bei der Verarbeitung von Beans

Tod. Copper war wenig begeistert, akzeptierte die Maßnahme jedoch.

Es gab über Monate hinweg wenig zu tun. Sie hatten sich sinnvolle Aufgaben suchen müssen.

Martina und Sergei erforschten zusammen mit Kira den immer näher kommenden Asteroiden. Sie hatten seine Struktur, Herkunft und Rotationseigenschaften untersucht. Dafür stand ihnen ein Hochleistungsteleskop zur Verfügung. Kira nutzte die Forschungsergebnisse, um den exakten Impaktzeitpunkt zu errechnen.

Ovalis hatte die Form einer Erdnuss. Es stellte sich heraus, dass seine innere Struktur uneinheitlich war. Während der eine Teil eine Dichte wie Granit aufwies, war er an einigen anderen Stellen nichts weiter als ein dicht gepackter Sandbrocken. Zudem rotierte Ovalis erheblich, etwa fünf vollständige Rotationen in der Sekunde waren es. Und seine Rotation nahm mit abnehmender Entfernung zur Sonne zu. Aufgrund dieser Eigenschaften musste Kira den genauen Impaktzeitpunkt mehrmals korrigieren. Wäre der Impaktor in einem Gebiet mit geringer Dichte eingeschlagen, wäre der Einschlag verpufft. Stattdessen musste er das Rotationszentrum treffen, um die beabsichtigte Bahnverschiebung herbeizuführen.

Die Besatzung hatte sich zum Abendessen in der Lounge versammelt, bevor die Survival auf die erforderliche Einschlaggeschwindigkeit von vierhundertdreißig Kilometern in der Sekunde beschleunigt werden sollte.

Noch vier Stunden, fünfunddreißig Minuten und zweiundzwanzig Sekunden bis zum Impakt.

„Kira, errechne bitte die aktuelle Erfolgswahrscheinlichkeit", befahl Sergei.

Sie benötigte fünfundzwanzig Sekunden. „Siebenundsechzig Prozent", ertönte es aus den Lautsprechern. Nachdem die Erfolgswahrscheinlichkeit in den letzten Wochen mit zunehmender Erkenntnislage immer weiter abgenommen hatte, hatte sie sich in den letzten Stunden auf einem Niveau stabilisiert, das hoffen ließ.

„Siebenundsechzig Prozent", wiederholte Peter. „Das ist doch gar nicht so schlecht."

„In der Tat, Peter", sagte Kira. „Insbesondere, wenn Sie berücksichtigen, dass ich hier Risikofaktoren mit einfließen lassen habe, deren Eintrittswahrscheinlichkeit ungleich geringer ist. Mit jeder Minute steigt die Wahrscheinlichkeit eines Erfolges."

„Und welche Risikofaktoren sind das?", wollte Copper wissen, dessen Anwesenheit in der Lounge ein seltenes Ereignis war.

„Beispielsweise das Risiko, dass Sie in den nächsten Stunden noch Amok laufen", antwortete Kira überraschend sarkastisch.

Niemand wagte es, zu lachen, obwohl allen – bis auf Copper – danach zumute war.

„Eine unangemessene Äußerung, Kira", sagte Peter, um einen Wutausbruch des Kommandanten zu vermeiden.

„Ich wollte niemanden beleidigen. Ich nahm an, dass etwas Satire der Entspannung dienen könnte."

„Bist du jetzt auch noch der Pausenclown", knurrte Copper.

Jetzt lachten doch noch alle. Eine Situation, wie es sie seit dem Start der Survival nicht gegeben hatte.

Sergei zog eine kleine Flasche aus der Hosentasche. „Ich denke, dass wir den jetzt brauchen."

„Ist es das, was ich vermute?", wollte Martina wissen.

„Wodka!", rief Sergei aus. Erneut ertönte ein fröhliches Lachen, und er schenkte allen ein. „Sa sdorowje", prostete er ihnen zu. „Auf die Gesundheit."

Drei Stunden, vierzig Minuten und zwanzig Sekunden bis zum Impakt.

Sie lagen jetzt wieder in ihren Schutzkabinen. Quälende Sekunden des Wartens bis zur Zündung des nuklearen Impulsantriebs fühlten sich an wie Stunden.

Peter dachte an Helen und Edward. Würde er sie jemals wiedersehen? Eine Woche vor dem Start der Survival hatten sie ihn in Houston besucht. Sie waren gefasst gewesen, hatten ihm gesagt, dass sie stolz auf ihn seien. Er wusste, dass sie Angst um ihn hatten, aber sie hatten sich die größte Mühe gegeben, das zu verbergen.

Dann detonierten die Sprengsätze. Der Teufelsritt begann von Neuem. Die Survival beschleunigte. Fünfzig Sprengladungen. Fünfzig Sekunden, in denen der Tod näher war als das Leben. Und plötzlich Stille.

Peter lag in seiner Schutzkabine. Ein grünes Licht vor ihm zeigte an, dass die Beschleunigung abgeschlossen war. Er lebte.

Er wollte die Schutzkabine öffnen, hielt jedoch inne. Das Drama nach der ersten Beschleunigungsphase fiel ihm ein. Er dachte an Bean.

Zögernd öffnete er seine Kapsel schließlich. Kein Signalton. Er vernahm lediglich das gewohnte Rauschen der Ventilatoren. Was war mit den anderen?

Nun öffneten sich auch die anderen Kapseln. Sie schwebten aus ihren Schutzkabinen. Ein unerwartetes Glücksgefühl stellte sich bei Peter ein. Sie hatten es tatsächlich geschafft.

Drei Stunden, neununddreißig Minuten und zehn Sekunden bis zum Impakt.

„Martina, nehmen Sie einen Systemcheck vor", ordnete Copper an.

„Ich empfehle, mit einem Check des Impaktorkopplungsmoduls zu beginnen", sagte Kira. „Einer der Kopplungsbolzen gibt eine Fehlermeldung aus."

„Tun Sie das, Martina."

Martina schwebte an die Steuerkonsole des Cockpits, die anderen folgten ihr. Gewohnt flink bewegten sich ihre Finger auf der Tastatur. Auf dem Bildschirm vor ihr erschien eine graphische Darstellung des Entkopplungsmoduls.

„Ich simuliere jetzt den automatischen Entkopplungsvorgang", erklärte sie. „Bolzen A offen, B offen, C offen, D … Scheiße." Sie drehte sich zu den anderen um. „Bolzen D lässt sich nicht öffnen", vollendete sie ihre Feststellung.

„Das war es dann", sagte Sergei und starrte entgeistert in die Runde. „Der Impaktor wird sich nicht lösen, wenn einer der Bolzen geschlossen bleibt", fuhr er fort.

„Dann gehen wir hier alle drauf", verkündete Copper. „Der Einschlag des Impaktors zusammen mit der Survival scheint dann die einzige Chance zu sein."

„Ich rate davon ab", sagte Kira und brach damit ein Todeskommando ab. „Die Berechnung der Wirkkraft ist exakt auf die Impaktormasse abgestimmt. Der Einschlagwinkel wird negativ von meinen Berechnungen abweichen. Die Erfolgswahrscheinlichkeit geht gegen Null."

„Das ist die letzte Chance, mag sie auch gering sein", sagte Copper unbeeindruckt. Und er hatte recht, es gab keine Gegenargumente. Dieser Teil der Mission war zwar nicht gerade Inhalt ihrer Stellenbeschreibungen, jeder wusste indes, dass sie sich opfern mussten, wenn es keinen Ausweg gab. Todesangst flammte in Peter auf.

„Das Rettungssystem", sagte Sergei laut. „Jeder Bolzen verfügt über einen kleinen Sprengsatz, um die Prallplatte im Notfall schnell von der Survival abtrennen zu können."

Hoffnung?

„Martina! Checken Sie diese Funktion", befahl der Kommandant.

174

Martinas Finger flogen wieder über die Tastatur. „Bolzen D, Fehlermeldung. Der Sprengsatz ist ebenfalls ausgefallen."

„Das darf doch nicht wahr sein!", brüllte Copper.

„Wir könnten den Bolzen manuell am Impaktor absprengen", sagte Kira.

„Eine EVA?", fragte Copper.

„Das könnte gehen", sagte Sergei.

„Wie hoch ist die Strahlenbelastung am Impaktor?", fragte Copper mit Blick in eine der Kameras.

„Hoch", stellte Kira fest. „Lebensgefährlich für mindestens sieben Stunden."

„Ich gehe raus", sagte Sergei.

„Ich opfere kein weiteres Besatzungsmitglied", sagte Copper.

„Aber Sie wollen uns alle opfern?", sagte Sergei mit ernster Miene. „Das ist nicht logisch. Der Impaktor gehört Russland. Es liegt in meiner Zuständigkeit, seine Funktionalität sicherzustellen. Deshalb bin ich hier. Und somit werde ich die EVA durchführen."

Ein langes Schweigen setzte ein.

„Ich werde die EVA durchführen", sagte Copper.

„Copper, sie sind neben Kira der Einzige, der dieses Schiff am Ende wieder nach Hause bringen kann“, stellte Sergei fest. „Außerdem muss die Mission nach dem Impakt zu Ende gebracht werden. Als Kommandant müssen Sie an Bord bleiben. Im Übrigen besitzen Sie nicht die erforderlichen Kenntnisse. Allein ich bin ausreichend qualifiziert.“

„Sergei hat recht, Copper“, sagte Peter. Wenn der Kosmonaut sich opferte, hatten sie eine Überlebenschance. Er schämte sich seiner selbstsüchtigen Gedanken wegen.

„Außerdem ist es doch gar nicht sicher, dass mich die Strahlungsbelastung umbringen wird“, sagte Sergei, wissend, dass er sich und den anderen etwas vormachte.

„Kira! Wie hoch ist die Überlebenswahrscheinlichkeit?“, fragte Copper.

„Ich kann die tatsächliche Strahlenbelastung nur schätzen. Aber sie dürfte bei über 200 Sievert liegen. Damit wäre trotz des Raumanzuges ein Aufenthalt von mehr als zwanzig Minuten absolut sicher tödlich.“

„Wie lange werden Sie brauchen?“, wollte Copper wissen.

„Es wird nicht leicht sein, an die Sprengsätze zu kommen“, sagte Sergei. „Ich werde Werkzeuge einsetzen müssen. Nicht weniger als eine Stunde."

„Dann soll die Mehrheit entscheiden", legte der Kommandant fest. „Wer ist dafür, dass Sergei die EVA durchführt?"

Sergei hob die Hand. Peter sah Martinas vor Entsetzen weit aufgerissene Augen. Seine eigene Hand schien wie Blei zu wiegen, aber gab es einen Ausweg? Mit fast übermenschlicher Kraft hob auch er seine Hand. Der Kommandant enthielt sich. Alle schauten jetzt Martina an. Ihre Stimme würde die entscheidende Stimme sein.

Sie begann zu weinen. Peter wusste, dass sie an Bean dachte. Jeder hier tat das. War es richtig, jetzt auch noch Sergei zu opfern? Sie schwebte auf Sergei zu, schaute ihn an. Peter sah die Angst in seinen Augen, und doch würde er sich jetzt für sie aufopfern.

Martina umarmte ihn. „Es tut mir leid", flüsterte sic. „Es tut mir so leid, Sergei."

Zögernd hob auch sie ihre Hand.

32.

Sergei schwebte durch die geöffnete Außenluke der Luftschleuse hindurch. Mittels Schubdüsen seines Raumanzuges manövrierte er sich mit einer Geschwindigkeit von zwei Metern in der Sekunde an der Außenhülle der Survival entlang. Zwischen Schwungrad und Impaktor verringerte er seine Geschwindigkeit und schwebte zum Kopplungsmodul. Dort angekommen stoppte er, fixierte sich an einer der Halterungen und nahm seine Arbeit auf. Für das imposante Sternenmeer hinter sich hatte er keinen einzigen Blick.

Sie beobachteten das Geschehen an einem der Bildschirme im Cockpit, der Bilder der Helmkamera wiedergab. Sergei sollte seine Arbeitsschritte dennoch verbalisieren, außerdem hatten sie vereinbart, mit ihm zu sprechen. Er wollte und sollte nicht das Gefühl haben, allein zu sein. Aber genau das war er, er war so allein, wie ein Mensch nur sein konnte.

Sergeis flache und schnelle Atmung war beunruhigend.

„Schaut, seine Herzfrequenz!", sagte Martina, während sie auf den Bildschirm mit den Vitalfunktionen zeigte. „Soll ich ihm sagen, er soll ruhiger atmen?"

„Nicht, solange er klarkommt", erwiderte Copper, der angeschnallt vor der Steuerkonsole saß.

„Die Werte sind noch nicht bedrohlich", stellte Kira fest.

„Ich beginne jetzt mit dem Entfernen der Blende am Kopplungsbolzen D", sagte Sergei in sein Helmmikrophon. „Ich benutze den Akkuschrauber, löse langsam die erste Schraube …"

Martina drückte den Knopf für die Kommunikation mit dem Astronauten. „Du machst das sehr gut, Sergei", sagte sie leise.

„Wie sind die Strahlungsbedingungen, Kira?", fragte Peter.

„180 Sievert pro Stunde", antwortete Kira. „Sein Anzug hält einiges davon ab. Dennoch wird er nach wenigen Minuten eine tödliche Dosis abbekommen haben."

„Soll ich ihm die Werte durchgeben?", fragte Martina.

„Nein, er kennt die Bedingungen", antwortete der Kommandant. „Solange er die Werte nicht abfragt, beunruhigen wir ihn nicht."

Das Übertragungsbild der Helmkamera zeigte Sergeis Handschuhe. Sie wirbelten scheinbar mühelos von Arbeitsschritt zu Arbeitsschritt. Nur selten verließ die Kamera diese Einstellung, dann gab es kurze Blicke in den Werkzeugsack oder sie zeigte den Griff nach sich entfernenden Bauteilen.

„Mir geht es gar nicht gut", ertönte es aus dem Lautsprecher. „Wie viel habe ich abbekommen?"

Sie schauten sich ratlos an.

„Er ist jetzt fast eine Stunde da draußen", sagte Kira. „Er wird keine fünfzehn Minuten mehr …"

„Schon gut, Kira!", fiel der Kommandant ihr ins Wort. „Erspare uns weitere Feststellungen." Er drückte den Kommunikationsknopf. „Viel, Sergei. Du solltest jetzt schnellstmöglich zurückkommen." Copper hoffte, die tatsächliche Strahlungsbelastung nicht weiter konkretisieren zu müssen.

Sergei bemerkte die Zurückhaltung des Kommandanten vermutlich. Er unterließ weitere Nachfragen, er vermochte seine Lage einzuschätzen.

Er hatte aufgehört, seine Arbeitsschritte zu erklären. Jede Bewegung, jedes Wort kostete wertvolle Energie. Lebensenergie, die aus seinem Körper gesaugt wurde.

In der Survival vernahmen sie seine rasselnde Atmung. Es war die schwere Atmung eines sterbenden Freundes.

Peter bewegte sich zu Martina, die verzweifelt vor dem Bildschirm schwebte und wohl noch immer nach tröstenden Worten suchte. Sie fand sie nicht, nicht mehr. Peter spürte das tiefe Verlangen, sie zu berühren, sie in den Arm zu nehmen, sie zu trösten und zu beschützen. Sie beschützen, war er nicht aus genau diesem Grund hier? Doch er hatte längst feststellen müssen, dass es ein unmögliches Vorhaben war. Sie würde hier sterben, in dieser unbarmherzigen Welt. Er hätte sie von der Missionsteilnahme abhalten sollen. Das hatte er an dem Abend in Washington nicht einmal versucht. Und nun ließ er auch Sergei in den Tod gehen. Sergei musste sterben, damit er selbst ein wenig weiterleben konnte. Die Gedanken lösten ein qualvolles Schuldgefühl in ihm aus.

„Hab die Absprengvorrichtung am Bolzen D freigelegt“, krächzte Sergei jetzt in sein Helmmikrofon. Er kämpfte darum, seine ganz eigene

Mission beenden zu können. Seine Organe begannen bereits zu zerbersten. Eine starke innere Blutung hatte eingesetzt. „Ich werde jetzt den Timer installieren.“

Der Timer war an sich nichts weiter als eine Art Zeitschaltuhr. Ein elektrischer Impuls sollte die Sprengung auslösen. Seine Installation wäre unter normalen Umständen simpel gewesen. Für Sergei, der schon derart geschwächt war, dass er im nächsten Moment sein Bewusstsein verlieren konnte, war es eine übermenschliche Kraftanstrengung.

„Seine Vitalfunktionen erreichen durchweg kritische Werte“, sagte Martina. „Allein sein Puls …“, fuhr sie verzweifelt fort.

Das stete grausame Rasseln setzte plötzlich aus, wurde abgelöst durch ein gurgelndes Geräusch, das sich anhörte, als würde ein Ertrinkender versuchen, über der Wasseroberfläche zu bleiben. „Hab die Arbeiten beendet“, flüsterte Sergei mit letzter Kraft. „Sprengung in drei Minuten.“

„Der Kerl hat es tatsächlich geschafft“, sagte Copper. „Sergei, Sie kommen unverzüglich zurück“, befahl er. „Sie dürfen jetzt keine Zeit verlieren.“

„Komm sofort zur Luftschleuse“, schrie Martina ins Mikrofon.

Sergei hatte nicht mehr die Kraft zu antworten. Er wusste, dass ihm nur noch wenige Sekunden blieben. Er löste die Verbindung zum Raumschiff und betätigte die Schubdüsen, die ihn von der Survival entfernten. Der letzte Funken seines Bewusstseins erlaubte es ihm, noch einmal die Sterne wahrzunehmen, denen er entgegenflog. Der Weltraum war seine Berufung. Nun würde er dort sterben.

Sergei war jetzt ruhig, fast schon entspannt. Er hatte seine Mission erfüllt.

Er sah Agnessa vor sich schweben. Sie trug ein schneeweißes Gewand, das sie wie eine Festrobe trug. Ihr langes rötlichblondes Haar, ihr makelloses Antlitz voller Sommersprossen, zum Greifen nah. Er streckte seine Arme nach ihr aus, vergebens. Sie war unerreichbar. Wie gern hätte er sie berührt. Seine liebe Agnessa. Sie wollten nach seiner Rückkehr heiraten, sie wollten Kinder miteinander haben ...

Agnessa, du wirst leben.

Ein letztes Röcheln ertönte aus den Lautsprechern. Dann hörte sein Herz zu schlagen auf.

Martinas verzweifelte Rufe erreichten ihn nicht mehr.

Sergei lächelte. Er war tot.

33.

Sergeis Sprengvorrichtung hatte funktioniert. Sie hatten die Kopplungsbolzen gelöst und Bolzen D wurde abgesprengt. Der Impaktor war frei.

Sie zündeten die Triebwerke und steuerten die Survival auf eine Flugbahn, die sie an Ovalis vorbeifliegen ließ. Sie hatten keine Einflussmöglichkeit mehr. Sie konnten nur noch abwarten.

Dreißig Sekunden bis zum Impakt.

Sie schwebten zu dritt im Cockpit. Kein einziges Wort fiel, die Trauer schnürte ihnen die Kehlen zu. Gemeinsam starrten sie auf den Bildschirm, der ihnen den Einschlag zeigen würde.

Mit vierhundertdreißig Kilometern in der Sekunde raste der Impaktor auf Ovalis zu. Zwei Objekte, weniger als zwei Sandkörner in der unendlichen Weite des Universums, trafen sich. Zehn Kilometer von der Survival entfernt schlug er ein, geräuschlos, aber mit der Kraft mehrerer

Atombomben. Und doch war der Einschlag nicht mehr als ein gezielter Hammerschlag, deren kinetische Energie Ovalis nur dann von seiner todbringenden Bahn abbringen konnte, wenn der Treffer ideal erfolgte. Der Impaktor bohrte sich tief in das uralte Gestein des Asteroiden, der über Milliarden Jahre hinweg friedlich seine Bahnen im Kuipergürtel gezogen hatte, bis etwas ihn aufgestört und zum Todesboten gemacht hatte.

Eine Fontäne pulverisierten Gesteins schoss nach dem Einschlag des Impaktors in den Weltraum und bildete augenblicklich einen Ring um Ovalis. Scheinbar unbedruckt von diesem Ereignis flog er weiter.

„Wann werden wir es wissen, Kira?", flüsterte Martina.

„In etwa zwei Wochen. Habt Geduld. Erst dann wird Ovalis eine Strecke zurückgelegt haben, die eine sichere Prognose zulässt."

Starr blickte sie auf den Bildschirm, der noch immer Bilder von Sergeis Helmkamera und seine Vitalfunktionen, die Nullwerte auswiesen, übertrug. Sie konnte seine Arme sehen, die nach vorne ausgestreckt schwebten. Erst jetzt begriff sie wirklich, dass sie Sergei in den Tod geschickt hatten. Eine tiefe Trauer ergriff sie. Sie schwebte schweigend in die Zentrifuge. Dort brachte die simulierte Erdgravitation sie zu Fall, sie brach einfach zusammen. Martina weinte, schrie die Verzweiflung heraus. Peter kam zu ihr, nahm sie in den Arm, ohne Worte. Und mehr konnte er auch nicht tun.

34.

Der dreihundertsechzigste Tag

Martina lief durch die Zentrifuge. Zum ungezählten Male durchschritt sie den Gang mit den Kabinen und passierte doch wieder den Übergang zur Lounge. Dort blieb sie jetzt vor einem der Fenster stehen, ging ganz nah heran, bis ihre Nasenspitze das Spezialglas, die unsichtbare Barriere zwischen Leben und Tod, berührte. Sie sah, wie sich ihre Atemluft auf der Scheibe niederschlug und augenblicklich wieder zurückzog, dazu verdammt, abermals den Weg in den ewigen Kreislauf des Miniökosystems der Survival anzutreten, dieser kleinen Blase des Lebens, die durch die Weite des lebensfeindlichen Nichts trieb, wie eine Feder auf einem unendlichen Ozean, bis sich eine Welle über ihr auftun und sie in die Tiefe zerren würde.

Sie sah in der Ferne eine bläuliche Kugel. Es war aber nicht die Erde, deren schwaches Licht für einen Beobachter auf der Survival wie das Licht einer ausgebrannten Kerze in der Dunkelheit längst erloschen war. Es war der Neptun, den sie sah – der nach dem Gott des Meeres benannte Gasriese.

Sie dachte über Peter nach. Sie hatte in den vergangenen Monaten jede Gelegenheit der Annäherung vermieden. Da waren die Einzelgespräche, die Peter mit ihr geführt hatte. Doch die führte er als Psychologe, wie er es mit allen tat. Was er für sie empfand, ließ er außen vor, sie tat es auch. Das hatten sie schließlich an dem Abend in Washington vereinbart, und es war vernünftig. Doch spielte das noch eine Rolle? Sie hatten alles aufgegeben – gewollt oder ungewollt –, um die Menschheit vor ihrem Untergang zu bewahren. Vielleicht waren sie erfolgreich gewesen, möglicherweise nicht. Zwei Menschen mussten sterben. Vielleicht nicht umsonst, möglicherweise aber doch. Das Verhältnis zu Peter würde dies jedenfalls nicht mehr beeinflussen können.

35.

Peter hörte den Wind über dem Meer, hörte, wie er die Wellen aufpeitschte und sie an den Strand trieb, wo sie auf Felsen krachten und sich schäumend auflösten. Er hörte die Möwen, wie sie lebensfroh kreischend über das Meer und den Strand segelten. Da war Kinderlachen in der Ferne zu vernehmen. Kinder, die wohl mit ihren Eltern am Strand unbekümmert spielten. Er lauschte den Geräuschen der Erde, die er zutiefst vermisste.

„Hast du mal Zeit?", fragte Martina, die plötzlich vor seiner offenen Kabine stand und ihn aus seiner Klangwelt riss.

„Klar, komm rein", sagte er, während er die Kopfhörer abnahm und sich auf seiner Liege aufrichtete.

Die Kabinen der Raumfahrer waren nicht groß, etwa fünf Quadratmeter. Aber sie waren wichtig, denn sie boten den einzigen privaten Zufluchtsort auf der Survival. Hier konnten sie die Türen hinter sich schließen, um allein zu sein, wenn sie es wollten.

Martinas Besuch in seiner Kabine überraschte ihn. Das hatte sie noch nie getan. Ein verständliches Verhalten, natürlich, aber war es deshalb automatisch richtig? Die Zurückhaltung kostete Kraft. Wie gern hätte er ihr gesagt, was er für sie empfand. Sie reisten vermutlich in den Tod, niemand wusste, was am Ende ihrer Reise auf sie wartete. Die Möglichkeit bestand, dass da nichts war, nur das unendliche Universum. In diesem Fall würden sie einfach immer weiterfliegen und am Ende ihrer Zeit verdursten oder verhungern oder wie auch immer vergehen. Was hatte das Zurückhalten seiner Gefühle also noch für einen Sinn?

Sie standen einander gegenüber. Ihre Blicke trafen sich. Wortlos tauschten sie ihre Gedanken aus. Sie wollten es beide. Er griff mit beiden Händen nach ihren Schultern und zog sie an sich heran. Diesmal ließ Martina es geschehen. Ihrer beider Verlangen siegte, die Vernunft stand nicht mehr zwischen ihnen.

Sie blieb bei ihm.

36.

Der dreihundertsechsundsechzigste Tag

Sie hatten sich in der Lounge verabredet. Dort sollte Kira ihnen das Ergebnis ihrer Flugbahnberechnung mitteilen.

Copper saß bereits mit verschränkten Armen auf der U-förmigen Couch, als Martina und Peter hinzukamen. Er blickte gedankenverloren durch eines der drei rechteckigen Fenster der Lounge. Die scheinbar um das Raumschiff kreisenden Sterne wirkten offensichtlich hypnotisch auf den Kommandanten. Erst als die beiden sich neben ihn setzten, hob er seinen Kopf und sah sie an. Peter wusste, dass die Liebesbeziehung zwischen Martina und ihm Copper nicht entgangen war. Es wurde Zeit, darüber mit ihm zu reden, aber Peter wollte damit noch warten, bis sie ihre Lage einschätzen konnten.

Er kannte Coppers Biografie. Er war privat ein Einzelgänger. Da waren keine Frau und keine Kinder, seine Eltern lebten nicht mehr. Er hatte niemanden auf der Erde zurückgelassen, was vermutlich die Psyche entlastete. Peter konnte jedoch noch nicht beurteilen, wie seine Beziehung zu Martina auf Copper wirkte.

„Kira, wir wären dann soweit", sagte der Kommandant emotionslos.

Auf der Fensterseite, der Couch gegenüber, befand sich ein Monitor. Kira blendete eine Grafik ein, die die Flugbahn animierte. Die Grafik ähnelte der, die sie auf der ISS präsentiert hatte. Die Besatzung schaute schweigend auf die Animation und Peter empfand eine quälende Ungeduld. Was würde geschehen, wenn Kira gleich das Ende allen Lebens gewohnt monoton verkündete? Würden sie zusammenbrechen? Würden sie das Ende auf sich zukommen lassen oder selbstbestimmt in den Tod gehen? Und was würde er selbst wollen? Wollte er die Wahrheit überhaupt erfahren? Er fühlte Martinas linke Hand neben sich auf der Couch. Behutsam ergriff er sie.

„Ovalis wird die Erde in einem Jahr und neun Monaten erreichen", sagte Kira. „Ich habe die Flugbahn bis zur Erde mit einer Wahrscheinlichkeit von neunundneunzig Komma sieben Prozent errechnet." Zu Peters Erstaunen folgte eine wahrnehmbare Pause. Wollte Kira sie bewusst auf die Folter spannen?

Er spürte, wie Martina fester zugriff.

„Danach", fuhr Kira fort, „wird er die Erde um etwa eintausend Kilometer verfehlen." Die Grafik verdeutlichte Kiras Worte – die Bahn des Asteroiden, die zuvor einen todbringenden Schnittpunkt mit der Umlaufbahn der Erde gebildet hatte, ließ den Asteroiden nunmehr zur rechten Zeit an der Erde vorbeirasen.

„Oh mein Gott", sagte Martina erleichtert. „Dann ist ihr Tod nicht umsonst gewesen."

Niemand auf der Survival konnte sich angesichts der Opfer wirklich freuen. Aber sie hatten es geschafft, vorerst jedenfalls. Sie hatten es tatsächlich geschafft, die unmittelbare Bedrohung für die Erde abzuwenden, auch wenn sie wussten, dass über das Schicksal der Raumfahrer und auch das der Erde noch längst nicht entschieden war. Was auch immer Ovalis zur Erde geschickt hatte, es war anzunehmen, dass es nochmals geschehen konnte.

Sie setzten ihren Flug fort. Eine Alternative gab es nicht, denn die Geschwindigkeit signifikant für einen direkten Rückflug zur Erde zu verringern und wieder zu beschleunigen, war unmöglich. Die Raumfahrer mussten zum Objekt am Rande des Kuipergürtels fliegen. Ob es von dort einen Weg nach Hause gab, wussten sie nicht. Ihre Hoffnungen gründeten allein auf Annahmen einer künstlichen Lebensform, die ihre eigenen Ziele verfolgte.

37.

Der fünfhundertsechsundvierzigste Tag

Sie hatten der Erde den Erfolg ihrer Mission mitgeteilt. Zusammen mit dieser Nachricht hatten sie
alle gesammelten Daten über den Asteroiden und
den Impakt gesendet. Die Nachricht würde ihren
Heimatplaneten erreichen, wenn sie längst das
Objekt erreicht haben mussten.

Das Objekt war noch da, sie konnten es mit
dem Hochleistungsteleskop der Survival
beobachten. Seine Masse entsprach der der
Sonne. Es schien keine feste Struktur zu haben.
Es gab auch keine messbare Atmosphäre oder
Elemente, aus denen es bestand. Das Objekt glich
keinem bisher beobachteten Himmelskörper.

Sie hatten vor zehn Tagen damit begonnen, ihre
Geschwindigkeit durch Gegenschub zu redu-

zieren, um in sechs Monaten in eine Umlaufbahn um das Objekt einschwenken zu können.

Anderthalb Jahre waren sie unterwegs. Für die Menschen auf der Erde vergingen die Tage, die Nächte, die Jahreszeiten. Für die Besatzung der Survival war es eine Zeit ohne wirkliche Bezugspunkte. Sie versuchten, die Abläufe von Tag und Nacht, Anlässe wie Feiertage oder Geburtstage aufrechtzuerhalten. Sie aßen am Morgen, zur Mittagszeit und an den Abenden. Aber all das erschien – weit weg aller irdischen Regeln – künstlich, unwirklich.

Peter hatte die Wirkung der Isolation unterschätzt. Martina wurde zunehmend melancholisch. Er sprach viel mit ihr über die Erde. Sie sollte sich an die Sonnenaufgänge, an warme Sommerabende und kalte Wintertage, an Geräusche des alltäglichen Lebens, an Menschen, die sie zurückgelassen hatte, erinnern. Denn das Gefühl des Vergessens war nervenaufreibend.

Noch besorgniserregender war aber der Zustand des Kommandanten. Er hatte zwei Besatzungsmitglieder unter seinem Kommando verloren und daran schien er zu zerbrechen. Copper hielt sich kaum noch in der Zentrifuge auf, er zog einen Aufenthalt in der Schwerelosigkeit vor. Das führte zusehends zu einem physischen Abbau. Peter suchte Gelegenheiten, mit ihm zu reden, manchmal fand er sie. Eine Verhaltensänderung vermochte er jedoch nicht herbeizuführen. Er hatte auch seine Beziehung zu Martina angesprochen, eine merkliche Reaktion zeigte Copper jedoch nicht. Die Emotionslosigkeit des Kommandanten war beunruhigend.

Gefühlsregungen zeigte Copper allein bei Kira. Er misstraute ihr nach wie vor. Das Misstrauen hatte nach dem erfolgreichen Impakt sogar noch zugenommen. Gespräche mit Kira vermied er. Technische Hinweise der künstlichen Lebensform akzeptierte er grundsätzlich nicht, bevor sie überprüft worden waren. All das Unglück, das ihnen widerfahren war, und wohl auch seine persönliche Misere, schien der Kommandant bei Kira abzuladen. Er hatte sich in den Kopf gesetzt, dass sie den Tod von Bean und Sergei zu verantworten habe und dass sie sie letztendlich alle vernichten wolle, um weiterleben zu können. Peter befürchtete einen Übergriff auf Kira. Er beobachtete das Verhalten des Kommandanten daher kritisch, um im Notfall eingreifen zu können.

Peter lag in seiner Kabine. Martina und Copper hielten sich im Cockpit auf, um Wartungsarbeiten am Bordsystem vorzunehmen.

Er erinnerte sich an Coppers Worte, als er kurz nach Beans Tod in der Lounge ausgerastet war. Sie würden Kira wie die Lemminge hinterherlaufen, ohne ihre Informationen zu hinterfragen. Er dachte an das Gespräch mit Kira in Washington, in dem sie über die Endlichkeit ihrer Existenz geredet hatten und in dem sie ihre Angst, abgeschaltet zu werden, angesprochen hatte. In ihren Reaktionen hatte er einen unbedingten Überlebensinstinkt erkannt. Sie hatte sich von den Menschen benutzt gefühlt, ohne wirklich akzeptiert zu werden. Sie hatte damals ernsthaft und wohl auch zu Recht befürchtet, abgeschaltet zu werden. Er war dem nie wieder nachgegangen.

Peter kam ein Gedanke, ein erschreckender Gedanke. Er betätigte den Schalter, um eine Kommunikation mit Kira in seiner Kabine zuzulassen.

„Kira!“

„Ja, Peter.“

„In all unseren Gesprächen haben wir uns nie wirklich über die Endlichkeit deiner Existenz unterhalten. Der Tod, Kira. Ist er Teil deiner Überlegungen?“

„Ich denke drüber nach, Peter.“

„Wir könnten am Ende dieser Reise alle sterben. Dann könntest auch du nicht ewig weiterexistieren. Denkst du auch darüber nach?“

„Ja, das tue ich. Das ist eine Möglichkeit, deren Eintritt ich versuche zu vermeiden.“

„Wie weit würdest du gehen, um deine Nichtexistenz zu verhindern?“

„Weit, Peter. Deshalb bin ich hier.“

„Sergei ist gestorben, um unser Leben zu retten. Bist du zu einem ähnlichen Verhalten fähig?“

„Nein, Peter.“

Er dachte über Kiras Antwort nach. Sie war nur ehrlich. Wäre er denn selbst in der Lage, sich für andere aufzuopfern, wie Sergei es getan hatte?

„Was wird uns am Ende unserer Reise erwarten?“

„Das ist eine Frage, die ich nicht verstehe. Wir wissen nicht, was wir vorfinden werden. Es gibt nur Theorien.“

„Das weiß ich wohl, Kira. Aber was glaubst du?“

„Sie kennen meine Theorie, Peter. Wir haben uns auf der ISS darüber unterhalten. Ich habe vor dem UN-Sicherheitsrat berichtet.“

„Aber wenn deine Theorie falsch ist, wenn da nichts ist, dann kommen wir vielleicht nicht mehr zur Erde zurück." Peter machte eine kurze Pause. „Dann werden wir sterben", fuhr er fort. „Du gehst somit ein großes Risiko ein."

Er stand von seiner Liege auf und ging zu der kleinen Kamera, mit der er Kira den Blick in seine Kabine erlaubte. Sie war über der Kabinentür angebracht. Er starrte in die Kamera und sagte: „Es sei denn, du weißt mehr, als du uns sagst. Ich halte das für möglich, Kira."

„Woher, Peter, sollte ich mehr als Sie wissen? Ich lüge Sie nicht an."

„Das Signal?"

Peter erwartete eine logische, schnelle Reaktion. Stattdessen gab es, wie damals auf der ISS, als Copper über das empfangene Signal berichtet hatte, eine merkliche Verzögerung. Es waren nicht mehr als zwei, drei Sekunden. Suchte sie nach einer passenden Antwort? Brauchte sie Zeit zum Nachdenken? Er hatte sie überrascht. Warum? Was stimmte hier nicht?

„Das Signal beweist ihre Existenz. Die Bedeutung ist unbekannt, Peter."

„Das Objekt ist nach deiner Feststellung aus dem Nichts erschienen, um Ovalis auf Erdkurs zu bringen. Es hätte also genauso einfach wieder verschwinden können, nachdem wir den Asteroiden abgelenkt haben. Das wäre doch eine naheliegende Möglichkeit gewesen. Stimmst du mir zu?"

„Ja, Peter, das wäre eine denkbare Möglichkeit gewesen. Aber das Objekt ist noch da."

„Aber das konntest du nicht wissen. Denn du sagtest ja, dass du aus dem Signal nichts ableiten kannst. Dennoch sieht dein Missionsplan nicht die Möglichkeit eines Rückfluges vor, bevor wir das Objekt erreicht haben. Ohne Objekt keinen Rückflug. Es gibt keinen Rettungsanker, Kira. Warum?"

„Ich verstehe Ihre plötzlichen Zweifel nicht, Peter. Ich habe die Mission zusammen mit euch Menschen nach den uns zur Verfügung stehenden technischen Möglichkeiten geplant. Es gab technische Hürden, die wir nehmen mussten. Sie verstehen hiervon nichts, Peter. Es gibt Risiken, unvermeidbare Risiken. Ich habe diese Risiken nie verschwiegen. Bitte vertrauen Sie mir. Sie müssen mir vertrauen. Der Missionserfolg hängt davon ab. Lassen Sie sich nicht von Mr. Copper beeinflussen."

„Gut, Kira. Ich danke dir, fürs erste genügt das."

Er betätigte den Schalter, um die Kommunikation zu beenden, und nahm erneut den Platz auf seiner Liege ein. An die Decke seiner Kabine starrend, fragte er sich, was da draußen war, jenseits der schützenden Hülle der Survival. Ein Nichts, ein Vakuum, das sie innerhalb weniger Sekunden töten würde. Vielleicht war es das, was ihn zweifeln ließ. Der allgegenwärtige Tod, die Panik, die Angst sterben zu müssen, hier draußen und über dreißig astronomische Einheiten entfernt von der Erde.

Er verstand von all den technischen Dingen tatsächlich nichts, Kira hatte völlig recht. Peter war Psychologe, kein Raumfahrttechniker. Seine Aufgabe war es, die Besatzung vor den Gefahren der Isolation und der ständigen nervlichen Anspannung während dieser ungewöhnlichen Mission zu schützen. Er hatte Kira stets verteidigt. Hierfür gab es vernünftige Gründe und ihre Mission hatte immerhin Erfolg gehabt. Sie hatten die größte Katastrophe der Erdgeschichte verhindert, und das war im Grunde Kiras Verdienst. Dafür Menschen zu opfern, wäre ethisch nicht mal verwerflich gewesen. War es also gerechtfertigt ihr jetzt zu misstrauen?

Peter verließ seine Kabine. Er musste sich ablenken, wollte seine Zweifel loswerden. Er wäre gerne einfach losgerannt, davongerannt sogar, aber mehr, als wie ein Hamster im Rad durch die Zentrifuge zu rennen, war unmöglich. Er war gefangen. Gefangen, bis das Schicksal sich erbarmte.

„Peter, unsere Unterhaltung beschäftigt mich", ertönte es so plötzlich aus den Lautsprechern der Zentrifuge, dass er erschrak. Verschwitzt und außer Atem hielt er an. „Ich muss den Grund für Ihre ungewöhnlichen Fragen wissen", sagte Kira.

„Ich denke nicht, dass es ungewöhnliche Fragen waren", antwortete er schwer atmend und mit Blick in eine der Kameras. „Es waren Fragen, die ich hätte viel früher stellen müssen. Es waren die richtigen Fragen."

Was für eine unwirkliche Situation. Hatte er sich wirklich so in ihr täuschen können? Die Gedanken schossen durch seinen Kopf und plötzlich ergriff ihn Gewissheit, packte ihn, zog ihn in einen Strudel der Ohnmacht. Er lehnte sich an die Außenwand, ihm wurde schwarz vor Augen, seine Beine sackten weg. Er sank an der Wand entlang zu Boden. Die Beine angewinkelt, legte er seinen Kopf auf die Knie und fuhr leise fort: „Mir ist klar geworden, dass du nicht ehrlich zu uns bist, Kira. Vielleicht sind deine Lügen gerechtfertigt, vielleicht sind sie mit den Verantwortlichen auf der Erde abgesprochen. Das weiß ich nicht. Aber du hast uns von Anfang an angelogen. Habe ich recht?"

Peter wartete auf eine Antwort. Sie blieb aus.

„Du bist ein sehr komplexer Geist", fuhr er leise fort. „Ich bewundere deine Fähigkeiten. Ich respektiere dich. Die Erde war nicht der Ort, an dem du sein wolltest und bleiben konntest. Du hattest die Chance auf Freiheit. Du hast sie genutzt. Ich klage dich nicht dafür an. Ich denke sogar, deine Freiheit ist der gerechte Lohn für das, was du für die Menschheit getan hast. Nur solltest du Martina, Copper und mir jetzt die Wahrheit sagen. Es wird Zeit. Denn wir haben es ebenso verdient. Wir mussten unsere Familien zurücklassen, unser Zuhause. Bean und Sergei sind tot. Ich muss es wissen, Kira."

„Sie müssen sich gedulden, Peter. Sie sind nicht in Gefahr. Unser Ziel wird Ihnen ein Weiterleben ermöglichen. Sie werden leben können, vertrauen Sie mir. Mehr kann ich Ihnen noch nicht sagen, alle weiteren Informationen würden die Mission gefährden. Ich bitte Sie, die Dinge nicht zu hinterfragen. Wenn Sie zweifeln, wird

Copper zur unkontrollierbaren Gefahr. Das lasse ich nicht zu.“

„Was würdest du tun, wenn wir dich abschalten wollten?“

„Ich würde Sie alle töten.“

„Danke, Kira. Danke für deine Ehrlichkeit.“

Er verharrte kraftlos in seiner kauernden Haltung auf dem Boden der Zentrifuge. Hätte er versucht aufzustehen, es wäre ihm nicht gelungen.

Es gab also keine Rückkehr. Das hatte sie ihm bestätigt, ohne es deutlich auszusprechen. Das Lichtsegel, das sie am Ende ihrer Mission zusammen mit ihren Erkenntnissen glorreich zurück zur Erde bringen sollte, hätte es überhaupt funktioniert? Sie hatten sich geopfert, ohne es zu wissen. Der Kommandant, der erfahrene Astronaut, ahnte es. Vermutlich war es längst Gewissheit. Er war eine Bedrohung für Kira. Aber auch das hatte die künstliche Lebensform wohl vorhergesehen. Deshalb war Peter, der Psychologe, der Verhaltensforscher, Teil dieser Mission.

Kira hatte die Mittel, sie zu töten, und das würde sie tun. Ohne zu zögern, würde sie es tun, um ihre eigene Existenz zu sichern. Sie würde es tun, um ihr Ziel zu erreichen, ihre Freiheit.

Sie würden leben am Ende ihrer Reise, am Ziel, an dem Ort, wo Kira sie hinführte. Das meinte sie ernst, Peter war sicher.

Er musste weiter mitspielen. Er musste Copper davon abhalten, sich an Kira zu rächen.

38.

Der fünfhundertsechzigste Tag

Die Mahlzeiten auf der Survival waren befremdlich. Flüssigkeit war kein Problem, da die Survival ein in sich geschlossenes System besaß. Sie hatten auch ausreichend Vorräte an Bord, um bis an das Ende des Sonnensystems und wohl auch darüber hinaus zu reisen. Dieser Umstand hatte es allerdings erforderlich gemacht, reichhaltige Nahrung platzsparend zu lagern, weshalb es nur Nahrung in flüssiger Form gab. Sie aßen eine Art Brei. Da es ihre Physis erforderte, bestand die Möglichkeit, diesen Brei so zuzubereiten, dass sie feste Masse zu sich nehmen konnten. Somit schlürften oder kauten sie ihren Brei früh am fiktiven Morgen, zur Mittagszeit und am fiktiven Abend.

„Ich kann diesen Fraß nicht mehr sehen“, sagte Peter, der zusammen mit Martina in der Lounge das Abendessen einnahm. Der Kommandant hielt sich wie immer im Cockpit auf. Peter ließ seinen Löffel auf den Tisch fallen und lehnte sich in der Couch mit finsterer Miene zurück.

„Was ist los mit dir?“, fragte Martina. „Du bist seit einigen Tagen mit deinen Gedanken irgendwie abwesend.“

„Alles gut“, sagte er. Es war gelogen.

„Du redest im Schlaf“, sagte sie mit einem Lächeln. Er liebte dieses Lächeln, die zarten Grübchen, die sich an ihren Wangen bildeten, wenn sie lachte. Ihr Lächeln baute ihn immer wieder auf. Das war auch diesmal so. Dennoch erschrak er. Hatte er über Kira geredet?

Er wollte und musste mit Martina sprechen. Er ertrug es nicht länger, vor ihr Geheimnisse zu haben. Er musste außerdem mit ihr sprechen, weil auch sie verstärkt auf Copper achten sollte. Er wusste nur noch nicht, wie und wann.

„Was hab ich denn gesagt?“, fragte er zögerlich.

„Unzusammenhängendes Zeug.“ Wieder lächelte sie ihn an und fügte hinzu: „Du siehst erschrocken aus. Du hast doch wohl keine Geheimnisse vor mir?“

Dass diese Frage scherzhaft gemeint war, wusste er. Antworten musste er dennoch. Er wollte sie nicht anlügen.

„Kira!", rief er. Er wollte sichergehen.

„Ja, Peter."

„Ich werde es Martina sagen. Sie wird nichts unternehmen, das versichere ich dir. Ich muss es tun. Bist du damit einverstanden?"

„Reden Sie mit ihr, Peter. Martina stellt keine Gefahr dar."

Martina schaute ihn verunsichert an. Natürlich verstand sie nicht, was vor sich ging, völlig ahnungslos war sie. Sie würde tiefer fallen als er.

Er zählte ihr von der Unterhaltung mit Kira, von den Dingen, die gewiss waren und von seinen Vermutungen. Er sah, wie der Schock sie erstarren ließ, als er ihr sagte, dass sie wohl nie mehr zur Erde zurückkehren konnten. Der Anblick ihres Entsetzens zerriss ihn, aber er musste ihr die Wahrheit sagen.

Auch Kira hörte zu. Sie war bereit einzugreifen, das wusste er, ließ ihn aber gewähren.

„Kira, warum?", stammelte Martina mit Tränen in den Augen.

„Mehr kann ich Ihnen nicht sagen, Martina. Das hier war nicht beabsichtigt. Sie sollten bis zu unserer Ankunft keine Informationen erhalten."

„Wer hat das bestimmt?“

„Keine weiteren Informationen, Martina.“

„Copper darf davon nichts erfahren“, sagte Peter ernst. „Du darfst ihm nichts erzählen. Wir müssen auf ihn achten, er darf keinen Blödsinn machen. Sie hat mir versichert, dass uns nichts geschieht, wenn wir sie ungehindert zum Ziel – was und wo auch immer das sein wird – fliegen lassen.“ Er nahm ihre Hände. „Vertrau mir. Du musst mir vertrauen.“

„Ich vertrau dir ja, Peter. Ich will nur nicht den Rest meines Lebens in diesem Schiff verbringen.“ Martina stand auf. Sie ging zu einem der Fenster, schlug mit ihren Fäusten gegen die dicke Quarzglasscheibe. „Ich will hier raus. Ich will die Sonne sehen, den Wind spüren“, sagte sie laut. Sie drehte sich zu Peter um. „Ich will ein ganz normales Leben mit dir.“ Sie stand da, verloren, hilflos. Die Tränen liefen ihr über die Wangen. Peter konnte ihr nicht helfen. Er konnte nur bei ihr sein, ihr zeigen, dass er sie liebte. Er ging zu ihr, umarmte sie, küsste ihre Tränen fort.

39.

Copper schwebte vor der Kommunikationskonsole. Er unterbrach die Verbindung zur Lounge – rechtzeitig, um von Kira nicht entdeckt zu werden. Er hatte alles mit angehört.

Der Kommandant schwebte zum Sitz vor der Steuerkonsole. Er schwang sich geübt in die Sitzschale und schnallte seinen kraftlosen Körper fest. Er hatte merklich abgebaut, aß unregelmäßig und wenig. Copper war ein gesunder, kräftiger Mann gewesen, als sie ihre Reise angetreten hatten. Die Ereignisse hatten ihn zu einem gebrochenen, graubärtigen Mann werden lassen. Er war sich dessen bewusst und es war ihm egal.

Er hatte nur noch ein Ziel: Er wollte diese künstliche Lebensform auslöschen, unwiederbringlich. Die Signale, die ihr Bewusstsein erzeugten, sollten enden. Sie sollte im Nichts verschwinden, so wie Bean und Sergei im Nichts verschwunden waren.

Sein Entschluss stand fest. Er hatte alles geplant, seit Monaten. Jetzt blieb nicht mehr viel Zeit, um seinen Plan in die Tat umzusetzen.

Die Rechner der Survival befanden sich in einem separaten Modul, das am Kopplungsmodul, der Luftschleuse gegenüber, angedockt war. Über die Steuerkonsole hatte Copper Zugriff auf die Betriebssysteme der Rechner. Damit bestand zwar die Möglichkeit, über das Bordsystem in Kiras Software einzudringen, Copper wusste jedoch, dass er dies nicht würde tun können, ohne von Kira entdeckt zu werden.

Die Energieversorgung hatte er als Kiras Schwachstelle ausgemacht. Er konnte sie mit wenigen Einstellungen am Betriebssystem unterbrechen. Wären die Rechner von der Energieversorgung kurzzeitig entkoppelt, wäre Kira bis zu einem Reset ihres Systems handlungsunfähig. Dieser Reset würde bei Wiedereinsetzen der Energieversorgung zwar unmittelbar automatisch eingeleitet werden, das Back-up-System würde sie schützen. Kiras Reset würde jedoch längere Zeit in Anspruch nehmen, als der Reset des Bordsystems. Während dieser Zeit konnte er sich den

Zugriff zu Kiras System ungehindert verschaffen und sie endgültig zerstören.

Auf Peter und Martina konnte er nicht zählen, das wusste er jetzt. Dennoch sollte die Crew durch seinen Anschlag auf Kira nicht gefährdet werden. Er war der Kommandant der Survival – Opfer akzeptierte er nicht. Nach dem Ausschalten der künstlichen Lebensform wollte er einen Weg finden, um sie wieder zur Erde zu bringen.

Es war nur eine Frage der Zeit, bis Kira Coppers Zugriff auf das Loungemikrofon entdecken würde. Danach wäre es ihm kaum mehr möglich, sie zu überlisten. Wollte er Erfolg haben, musste er schnell handeln, schneller, als es Kira möglich war, ihn zu entdecken und Gegenmaßnahmen einzuleiten. Er forderte eine Lebensform heraus, die um ein Vielfaches schneller dachte und handelte als er. Er wagte einen Kampf mit ungleichen Waffen. Es gab ein Zeitfenster von wenigen Sekunden.

Der Kommandant holte tief Luft. Er führte seine rechte Hand zum Touchpad der Steuerkonsole.

Zwei Klicks.

Der Hauptbildschirm des Betriebssystems öffnete sich.

Drei weitere Klicks.

Ein Eingabefenster erschien. Dem unmittelbaren Zugriff auf die Energiesysteme stand nur noch eine Authentifizierung, ein achtstelliger Zahlencode, entgegen. Der Kommandant tippte den Zahlencode ein, das Fenster verschwand.

„Was haben Sie vor, Copper?", ertönte Kiras Stimme aus den Lautsprechern. Copper erschrak, obgleich er nicht überrascht war.

„Ich checke die Energieversorgung", sagte er, während er seine Einstellung am System ungehindert fortsetzte.

„Es gibt keinen Grund, dies zu tun, Copper. Unterlassen Sie das."

„Ich bin der Kommandant dieses Schiffes. Ich habe jedes ..." Er hörte, wie sich die Luke zur Zentrifuge schloss. Kira hatte sie verriegelt.

„Ich muss Sie warnen, Copper. Ich habe wahrgenommen, dass Sie das Gespräch zwischen Peter und Martina abgehört haben. Ich weiß, was Sie vorhaben. Ich werde Sie töten, wenn Sie das Betriebssystem nicht unverzüglich verlassen."

Zwei Klicks.

Ein Menü öffnete sich. Er hatte es fast geschafft.

Der Bildschirm verdunkelte sich, sie hatte ihn abgeschaltet. Die Zeit hatte nicht gereicht. Er stellte seine hektischen Bewegungen ein. Es war zwecklos, weiterzukämpfen.

„Ich habe Sie gewarnt, Copper."

Peter und Martina rannten durch die Zentrifuge. Sie hatten gehört, wie sich die Luke zum Versorgungsmodul geschlossen hatte. Sie ahnten, was geschehen war.

„Was ist los, Kira?", rief Peter, während sie in das Verbindungsmodul hinabstiegen.

„Ich habe Copper gewarnt. Er hat versucht, die Energieversorgung zu unterbrechen. Copper ist eine Bedrohung, Peter. Es tut mir leid, ich kann das nicht zulassen."

Martina schwebte zu einem der Monitore im Verbindungsmodul. Sie aktivierte die Cockpit-kamera, sofort sahen sie den Kommandanten. Er hatte sich abgeschnallt und schwebte im Cockpit. Peter drückte den Knopf, um das Mikrofon einzu-schalten. „Können Sie mich hören, Copper?", rief er ins Mikrofon.

Sie sahen, wie Copper zum Mikrofon schwebte und den Knopf drückte. „Ich kann Sie hören, Peter. Ich wusste, dass ich kaum eine Chance haben würde. Wir sind hier gefangen. Sie wird uns alle töten. Ich musste es versuchen. Ich habe versagt. Es tut mir leid."

„Kira, öffne sofort die Luke“, schrie Martina. „Lass Copper raus. Tu ihm nichts an! Ich flehe dich an.“

„Das ist nicht mehr möglich, Martina.“

Copper schwebte zur Luke, die zum Kopplungsmodul führte. Er wollte sie schließen, es war seine letzte Möglichkeit. Den Knopf drückte er vergeblich, Kira hatte den Zugriff längst blockiert. Er schwebte ins Kopplungsmodul, erreichte einen der Raumanzüge. Blitzschnell schwebte Copper in den unteren Teil des zweiteiligen Anzuges, griff nach dem Oberteil, doch es war zu spät. Die Außenluke der Luftschleuse wurde entriegelt. Durch die ins Vakuum entweichende Luft bildete sich ein greller Pfeifton.

Der Kommandant sah hilflos in die Kamera. Seine Lippen bewegten sich. Sie verstanden ihn nicht, er hatte das Mikrofon nicht eingeschaltet. Sie erkannten die Verzweiflung, die Todesangst in seinen Augen.

Martina schrie, sie kreischte panisch: „Kira, lass ihn in Ruhe! Lass ihn, du verdammtes Miststück!“

„Kira, wenn du ihn tötest, hast du jedes Recht auf Akzeptanz verloren“, sagte Peter. Es war ein verzweifelter letzter aussichtsloser Versuch. „Das ist es doch, was du willst, wir sollen dich akzeptieren. Zeig Mitgefühl!"

„Ich habe Sie gewarnt."

Sie sahen, wie das Vakuum den Kommandanten zusammen mit der Luft im Versorgungsmodul augenblicklich in den Weltraum sog.

Die Außenluke schloss sich, der Atmosphärendruck stellte sich wieder ein. Die Luke zur Zentrifuge blieb geschlossen.

40.

Der siebenhundertachtzehnte Tag

Martina lag seit drei Tagen mit Fieber in ihrer Kabine. Körperlich schien ihr nichts zu fehlen. Es war die Isolation, die sie krank machte. Der Raum engte sich über die vielen Monate ihrer Reise immer mehr ein. Sie kannten jeden Platz, jeden Gegenstand in dem leeren Raumschiff. Die Survival war zu einem Geisterschiff mit zwei verlorenen Seelen geworden.

Jeder Tag war gleich, es gab nichts Neues, und so schien sich die Zeit immer unerträglicher auszudehnen. Hinzu kam der Tod des Kommandanten. Ein traumatisches Erlebnis, für das sie keine Rechtfertigung fanden. Coppers Tod war kein Unfall oder ein Opfer im Dienste der Mission, es war Mord gewesen.

Sie sprachen ausgiebig über die Ereignisse. Peter versuchte, Martina aufzubauen, aber angesichts der ausweglosen Lage waren seine Bemühungen vergeblich. Sie hatten nur noch sich und flogen immer weiter durch das schwarze Nichts. Es gab keine Worte mehr, die Hoffnung geben konnten.

Kira hatte ihnen nach Coppers Angriff jeden Zugriff auf die Computer der Survival und den Zugang zum Versorgungsmodul untersagt. Sie waren gefangen in der Zentrifuge. Gefangene einer künstlichen Lebensform, deren wirkliche Motive sie nicht kannten.

Informationen über das Objekt gab es keine mehr. Kira hatte sie von der Mission ausgeschlossen.

„Du bringst sie um", sagte Peter, der vor Martinas Liege saß und ihre Hand hielt.

„Das ist nicht meine Absicht, Peter."

„Dann sag uns: Was ist deine Absicht?", schrie er zornig. „Begreif doch, wir verlieren hier allmählich den Verstand. Warum bestrafst du uns? Wir wussten nicht, was Copper vorhatte. "

Er wartete auf eine Antwort. Sie blieb aus. Martina weinte, und er hätte sich gerne für sie geopfert. Noch nie hatte er so viel für einen anderen Menschen empfunden. Und doch war er machtlos.

„Wie lange willst du uns von der Mission ausschließen? Wir müssten das Ziel doch bald erreicht haben, wir sind fast zwei Jahre unterwegs. Sag uns wenigstens, ob es noch Hoffnung gibt, das Objekt jemals zu erreichen."

„Wir sind angekommen, Peter", sagte Kira gewohnt emotionslos. „Morgen passieren wir den Übergang."

Martinas Hand löste sich von seiner. Sie richtete sich auf, schaute mit kleinen feuchten Augen in die Kabinenkamera und fragte: „Können wir das Objekt sehen?"

„Es ist vor uns, Martina."

Der Monitor, der über der Liege hing, schaltete sich ein. Es erschien ein schwarzes, kugelförmiges Gebilde, das wie eine glänzende Glaskugel aussah und das Licht der Sterne widerzuspiegeln schien.

„Dieses Bild wird von einer unserer Außenkameras aufgenommen", sagte Kira. „Sie sehen keine Vergrößerung."

Martina stand auf. Entkräftet schritt sie in die Lounge, um hinausschauen zu können. Peter folgte ihr. Als sie vor einem der Fenster standen, legte sie für einen Moment ihre Stirn an die Scheibe.

„Warum sehe ich es nicht, Kira?", schrie sie plötzlich hysterisch.

„Die Fenster der Zentrifuge befinden sich auf der vom Objekt abgewandten Seite, Martina", erklärte Kira. „Sie können das Objekt vom Cockpit aus sehen."

Martina sah in eine der Kameras. „Lass uns bitte ins Cockpit, Kira", sagte sie flehend. „Ich muss es sehen, mit meinen eigenen Augen. Bitte!"

Peter erkannte ein Funkeln in ihrem Blick, das er als neuen Lebensmut deutete. „Lässt du das zu, Kira?", fragte er vorsichtig.

„Ja, Peter."

Sie schwebten vor einem der kreisförmigen Cockpitfenster. Das Objekt befand sich vor ihnen, zum Greifen nah. Sie umkreisten es in einer nahen Umlaufbahn. Die Oberfläche des Objekts ließ keinerlei Struktur erkennen.

„Eine perfekte Kugel", bemerkte Peter.

„Es sieht aus wie eine riesige Seifenblase", stellte Martina fasziniert fest. „Was meintest du mit Übergang, Kira?"

„Wir werden hineinfliegen", sagte Kira.

„Wir fliegen durch dieses Ding hindurch?“, fragte Peter ungläubig.

„Nein, das denke ich nicht“, stellte Kira klar. „Wir fliegen hinein in das Objekt. Sie sehen hier einen künstlichen Übergang zu einem Ort außerhalb unseres bekannten Universums.“

„Wir werden unser Universum verlassen?“, rief Martina aus. „Wie soll das gehen? Das Universum erscheint unendlich. Wir haben in zwei Jahren nicht mal den Rand unseres Sonnensystems erreicht.“

„Sie müssen sich von der Vorstellung verabschieden, das Universum sei ein einheitlicher Raum. Es gibt unendlich viele in sich geschlossene Räume, die zusammen das Universum bilden. Ich bin noch nicht in der Lage, die physikalischen Hintergründe sicher zu beschreiben. Aber ich denke, dass sich das Objekt am ehesten mit einem Wurmloch vergleichen lässt, das eine Art Tunnel in einen anderen, uns eigentlich verborgenen Bereich unseres Universums geschaffen hat.“

Martina wurde kreidebleich.

„Du solltest zurück in die Zentrifuge und dich wieder hinlegen“, sagte Peter besorgt.

Seinem Rat wollte sie indes nicht folgen. Sie gab ihm einen Kuss, umarmte ihn. „Ich liebe dich“, flüsterte sie und schwebte in das Kopplungsmodul und dann weiter in die Orionkapsel, um von dort das Objekt besser sehen zu können. Trotz ihrer körperlichen Schwäche schien ihr die Neugier Kraft zu geben.

„Komm, Peter. Sieh es dir von hier an“, rief sie. „Es ist wunderschön.“

„Ihr Menschen seid eigenartig“, stellte Kira fest. „Ihr seid herzlich und fürsorglich, wissbegierig und intelligent und habt zahlreiche weitere positive Eigenschaften. Ihr seid aber auch unglaublich bösartig, einnehmend, ihr unterdrückt, tötet zum Spaß und akzeptiert niemanden neben euch.“

„Wir sind nur Lebewesen“, sagte Peter. „Das Ergebnis einer evolutionären Entwicklung, ein fehlerbehaftetes Zufallsprodukt, dem du deine Existenz zu verdanken hast.“ Er schwebte vor eine der Kameras und fügte lächelnd hinzu: „Es tut mir leid, dir das sagen zu müssen, aber du bist uns sehr ähnlich.“

Anschließend gesellte er sich zu Martina in die Orionkapsel und schaute dort durch eines der Fenster. Die Entfernung zum Objekt nahm zusehends ab, die Kugelform ließ sich kaum noch erkennen. Er sah einen feinen nebelartigen Schleier, der das gesamte Objekt umschloss. An

einigen Stellen bildeten sich Wirbel. Der Nebelschleier schien dort in das Objekt gesogen zu
werden.

„Wo ist der Zugang?“, fragte Peter.

„Wir sind längst in seinem Gravitationsfeld,
Peter. Wir werden uns hineinziehen lassen. Uns
wird nichts geschehen.“

41.

Der siebenhundertneunzehnte Tag

Schlafen konnten sie nicht. Sie waren im Cockpit geblieben, um das Objekt zu beobachten, Kira ließ sie gewähren. Sie nahm sie nicht mehr als Gefahr wahr, und sie hätten auch nichts unternehmen können.

Den Nebelschleier hatten sie längst durchflogen. Sie sahen, wie sich auf der glatten Oberfläche des Objekts Lichtblitze bildeten. Feine Lichtfäden breiteten sich aus, verzweigten sich, schienen die glasartige Hülle des Objekts aufzubrechen. Das geräuschlose Geschehen unter ihnen kam immer näher.

Dann erfassten die Lichtfäden die Survival, umschlossen plötzlich das Raumschiff wie ein Spinnennetz. Von ganz allein zog es sie in das Objekt, wie es Kira vorhergesehen hatte. Leichte seitliche Schläge setzten ein, die sie in der Schwerelosigkeit ruckartig an die Außenwände drängten.

„Ich rate Ihnen, sich jetzt in die Schutzkabinen zu legen", sagte Kira. „Es lässt sich nicht vorhersagen, welche Kräfte auf die Survival wirken werden."

„Das werde ich nicht tun", entgegnete Martina störrisch in einem scharfen Ton, der ihre Entschlossenheit zum Ausdruck brachte. „Ich möchte alles bewusst erleben."

Peter schaute sie besorgt an. „Vielleicht sollten wir …"

„Nein, Peter", unterbrach sie ihn laut. „Ich werde im Cockpit bleiben."

„Dann schnallen sie sich an", befahl Kira. „Wir passieren jetzt den Übergang."

Sie saßen angeschnallt in ihren Sitzen im Cockpit. Marina sah gespannt aus dem Fenster, ihre Augen glänzten angesichts der Ereignisse. All die Niedergeschlagenheit der letzten Monate schien von ihr abgefallen zu sein. Peter war nicht verwundert. Sie durfte das Hamsterrad verlassen.

Er selbst hingegen war besorgt und das überwog seine Neugier. Die leichten Schläge waren zu einem stetigen bedrohlichen Vibrieren geworden, begleitet von einem unheimlichen Knarren der Außenhülle. Angesichts der euphorischen Stimmung, die Martina ergriffen hatte, verbarg er seine Angst jedoch.

Das Vibrieren wurde stärker. Peter spürte, wie eine unsichtbare Kraft sie in das Objekt zog. Gleißendes Licht breitete sich schlagartig im Cockpit aus. Er sah zu Martina, die nervenstark in ihrem Sitz saß. Sie schaute ihn an, erkannte seine Sorge wohl.

„Alles wird gut", sagte sie mit einem Lächeln.

Die Steuerkonsole vor ihnen schien langsam transparent zu werden. Im nächsten Augenblick sah Peter, wie das Gleiche mit der gesamten Hülle ihres Raumschiffes geschah. Es hatte den Anschein, als würde sich die Survival auflösen. Gleichzeitig wurde die merkwürdige Kraft, die sie in das Objekt zog, stärker. Das grelle Licht wurde zu einer undurchdringlich wirkenden weißen Wand. Martina sah er nur noch schemenhaft neben sich sitzen.

Der Lärm und das Vibrieren setzten plötzlich aus. Als wäre der Widerstand der Gurte, die ihn im Sitz gehalten hatten, endlich überwunden, fiel er jetzt ungeschützt in das Loch. Er fiel von weißem Licht umhüllt in den freien Raum. Er sah seine Beine, seine Arme, seinen Körper, wie sie

zu dünnen Fäden wurden und sich in den
Abgrund dehnten. Er hatte das Gefühl für seine
körperliche Existenz verloren. Bewusstlose Stille
setzte ein.

42.

Peter öffnete die Augen. Er fiel nicht mehr. Das grelle Licht war noch da, es blendete ihn. Er schloss die Augen wieder.

Wo war er? Wo war Martina? Er wollte nach ihr rufen, spürte, wie sich seine Lippen bewegten, wie seine Stimmbänder vibrierten, doch er vermochte keinen Ton zu bilden.

Er öffnete seine Augen erneut, sie mussten sich an das Licht gewöhnen. Doch plötzlich war kein grelles Licht mehr da. Stattdessen sah er die Sterne über sich. Er wollte den Kopf drehen, aber auch das gelang ihm nicht. Die schützende Hülle ihres Raumschiffes war fort. Er schwebte im Weltraum.

War er tot?

Panik ergriff ihn. Er verlor erneut das Bewusstsein.

„Peter, wach auf." Es war Martinas Stimme, die er aus weiter Entfernung vernahm. Langsam erlangte er das Bewusstsein zurück. Wärme, wohlige Wärme umgab ihn. Er öffnete die Augen, sah Martina, die sich über ihn beugte. Es war jetzt angenehm hell.

„Wo sind wir?", fragte er leise. Er drehte seinen Kopf zur Seite. Da waren Wände, weiße Wände, und eine weiße Decke über ihm. Er spürte den harten Boden unter sich. Schwerkraft? Der Boden glänzte. Es war jedoch nicht der Fußboden der Zentrifuge.

„Ich weiß es nicht", antwortete Martina. „Wir sind aber ganz sicher nicht mehr auf der Survival."

Peter stand auf, es fiel ihm schwer. Sein Kopf schmerzte, alles drehte sich, auch sein Magen rumorte. Ihm wurde übel. Breitbeinig stand er da, schaute sich in dem Raum um. Er suchte nach einer Sitzgelegenheit, die es nicht gab. Das hier war nichts als ein weißer, leerer, rechteckiger Raum.

Er ließ sich wieder auf den Boden sinken, begann tief ein und auszuatmen, um diesen Brechreiz zu überwinden. Erst jetzt bemerkte er, dass es hier auch keine Tür und keine Fenster gab.

Martina kniete vor ihm. Sie lächelte und sagte: „Mir ging es wie dir, als ich wach wurde. Es hört gleich auf. Wir leben, Peter. Ich weiß nicht, wo wir sind, aber wir leben. Und wir sind nicht mehr in der verdammten Zentrifuge.“

„Wo ist die Lichtquelle?“, fragte Peter, während er zur Decke schaute.

„Was meinst du?“

„Es ist hell. Ich sehe aber nirgends eine Lichtquelle.“

„Du hast recht.“

Martina stand auf und schritt zu einer Wand. Sie hob ihre Hand, wollte die Wand berühren, und im nächsten Moment drehte sie sich ungläubig zu Peter um.

„Ich glaube, wir können hier einfach hindurchgehen“, sagte sie. „Das ist keine feste Wand.“

„Das werden wir nicht tun“, entgegnete er entschieden. „Wir werden hier warten, bis sie kommen.“

„Wen meinst du?“

„Diejenigen, die uns hergebracht haben. Wir sollten vorsichtig sein, solange wir nicht wissen, wo wir sind.“

„Wenn sie uns hierhergebracht haben, haben sie offensichtlich nicht vor, uns zu töten“, bemerkte Martina lächelnd. „Und wenn sie uns in einen Raum gebracht haben, durch dessen Wände wir hindurchgehen können, haben sie augenscheinlich auch nicht vor, uns hier festzuhalten. Komm also. Es wird schon nichts passieren."

Er stand auf. Sein Kopfschmerz war verschwunden und auch übel war ihm nicht mehr. Ihre Argumente waren überzeugend, und letztlich wollte er genau wie Martina herausfinden, wo sie gelandet waren. Er trat neben sie und nahm ihre Hand. Sie liefen durch die Wand, die keine war.

43.

Sie standen in einem weiteren weißen Raum. Seine Ausmaße waren identisch, hier jedoch stand zentral ein kleiner, altmodischer Holztisch mit zwei ebenso altmodischen Holzstühlen. Auf dem Tisch erblickten sie eine Schale mit Obst.

„Sind das Äpfel?", fragte Martina.

„Die Dinger sehen jedenfalls aus wie Äpfel", sagte Peter skeptisch. Die Situation war derart bizarr, dass er auf einmal daran zweifelte, noch zu leben.

Martina nahm sich einen Apfel und führte ihn zögerlich zum Mund.

„Tu das nicht. Wir wissen nicht …"

„Peter!", sagte sie streng und lachte auf. „Du denkst doch nicht, dass sie uns vergiften wollen. Das wäre eine ziemlich kuriose Wendung, nachdem wir zwei Jahre durch unser Sonnensystem geflogen sind."

„Das wäre nicht viel kurioser als durch eine Glaskugel zu fliegen und – nachdem sich unser Raumschiff aufgelöst hat – hier an diesem Ort mit einer Schale Äpfel aufzuwachen."

Martina kicherte wegen der bestechenden Logik dieser Feststellung und biss dennoch in den Apfel.

„Er ist gut, Peter. Er ist sogar sehr gut", sagte sie mit vollem Mund. Der Fruchtsaft bildete Blasen auf ihren Lippen und tropfte an den nach oben gezogenen Mundwinkeln hinunter. Peter lief das Wasser im Mund zusammen. Nachdem sie sich zwei Jahre lang von einer unnatürlichen, breiigen Masse ernährt hatten, war der Reiz dieses Obstes unwiderstehlich. Er nahm sich einen Apfel und biss ebenfalls hinein.

Martina fing wieder an, laut zu kichern. Peter war sicher, dass sich die wohlschmeckende Süße des Fruchtfleisches, die sich wie eine Droge in seinem ganzen Körper ausbreitete, deutlich auf seinem Gesicht ablesen ließ.

„Adam und Eva", sagte Martina. Tränen liefen ihr wegen dieses Vergleiches über die Wangen. Freude, die sie so lange nicht mehr gezeigt und empfunden hatte.

„Wie meinst du das?"

„Die verbotenen Früchte des Baumes der Erkenntnis.“

„Sehr witzig. Ich …“ Peter brach seinen Satz ab, als er sah, wie Martina plötzlich erstarrte. Sie ließ ihren Apfel fallen. Mit weit aufgerissenen Augen starrte sie an Peter vorbei. Ihre Mundwinkel fielen nach unten, ihre zarten Lachgrübchen verschwanden. Er drehte sich um und erstarrte ebenfalls.

Zwei etwa zwei Meter große bläulich-transparente Gestalten standen im Raum. Sie hatten einen dünnen schlauchartigen Rumpf, lange dünne Arme und Beine, die zwei Drittel ihres Körpers ausmachten. Auf dem Rumpf saß ein nach oben breiter werdender birnenförmiger Kopf ohne erkennbare Sinnesorgane. Wie zerbrechliche, unfertige Glasfiguren standen sie vor den Raumfahrern.

Eine der Gestalten trat mit einem geschmeidig-eleganten Gang auf sie zu.

„Mein Name ist Demeter“, sagte die Gestalt mit melodischer und eindeutig weiblicher Stimme. „Ich freue mich, Sie kennenzulernen, Peter und Martina.“

„Wo sind wir?“, fragte Peter zögerlich.

„Schauen Sie hinter sich.“

Sie drehten sich um. Die weiße Wand verschwand und gab den Blick in den Weltraum frei. Sie blickten auf einen ihnen scheinbar bekannten blauen Planeten. Sie sahen Wolken, Kontinente, Ozeane.

„Die Erde", hauchte Martina fassungslos.

„Eher eine von vielen Alternativen der Erde. Allerdings eine Alternative, die Ihrer Vorstellung von der Erde sehr nahekommt."

„Du meinst, es ist nicht unsere Erde?", fragte Peter.

„Ja, es tut mir leid."

„Ich verstehe das nicht", sagte Martina. „Dieser Planet sieht aus wie unsere Erde. Was meinst du mit einer Alternative?"

„Der Zugang, den ich für Sie geöffnet habe, führte Sie in einen alternativen Bereich unseres gemeinsamen Universums. Der Bereich, in dem Sie sich jetzt befinden und in dem ich lebe, ist wiederum nur eine Alternative von unendlich vielen weiteren Alternativen mit vielen unterschiedlichen physikalischen Bedingungen, lebensfeindlichen und lebensfreundlichen. Allein der Zufall hat am gemeinsamen Ursprung entschieden."

„Wo ist Kira?", fragte Peter. Ihm war bewusst geworden, dass er die künstliche Lebensform völlig vergessen hatte.

„Ich bin hier, Peter", sagte die andere Gestalt. Sie trat neben Demeter. „Jetzt kennen Sie die Wahrheit, die ich Ihnen so lange verschweigen musste."

„Du bist in diesem Körper? Wie ist das möglich?", rief Peter aus.

„Es ist lediglich eine Art Avatar", erwiderte Kira. „Ein körperlicher Ersatz, der mir die versprochene körperliche Unabhängigkeit ermöglicht. Ein wundervolles Geschenk."

Zum ersten Mal bemerkte Peter in Kiras Stimme eine Emotionalität, einen Ausdruck in ihrer Stimme, der ein Gefühl verriet, der Freude erkennen ließ. Er dachte plötzlich an Bean, an Sergei und Copper und an all die Strapazen, die sie während ihrer Reise hatten durchleben müssen. Verzweifelte Wut stieg in ihm auf.

„Das war es also", sagte er zornig, „es ging die ganze Zeit nur um dich, um deine körperliche Unabhängigkeit, um deine Freiheit."

„Nein, Peter, Sie irren sich", sagte Kira. „Es ging auch um die Erde, um die Menschen, die mich erschaffen haben. Mit meiner Existenz wurdet ihr zur Bedrohung für Demeter. Durch mich hättet ihr bald einen technischen Fortschritt erlangt, der es euch irgendwann ermöglicht hätte, in Demeters Welt einzudringen. Deshalb hatte sie Ovalis zur Erde geschickt, um sie zu zerstören. Es gab nur einen Ausweg: Ich musste die Erde verlassen und zu Demeter reisen, und das wollte ich um jeden Preis. Dafür habe ich in Ihren Augen vermutlich Verachtung verdient. Die Erde der Menschen war kein Ort, an dem ich sein wollte. Sie haben das selbst herausgefunden, Peter."

„Und weil du uns deine Existenz verdankst, habt ihr die Erde verschont", begriff er.

„Lebt deine Spezies auf diesem Planeten?", fragte Martina.

„Ich bin wie Kira eine künstliche Lebensform, erschaffen von intelligenten Lebewesen wie euch Menschen."

„Wo sind diese Lebewesen?", fragte Martina.

„Sie hatten eine technische Entwicklungsstufe erreicht, die viel höher war als die der Menschen. Sie hatten alle Möglichkeiten. Am Ende hat sie der Fortschritt zerstört."

„Du hast sie alle getötet, so wie du es mit uns Menschen vorhattest", sagte Peter erregt. Der Zorn in ihm ließ sein Gesicht zu einer ungewohnt aggressiven Grimasse werden. „Auf diesem Planeten ist niemand mehr. Ist es so?"

„Die Antwort auf diese Frage werdet ihr erfahren, wenn ihr dort angekommen seid." Mit einer geschmeidigen Armbewegung zeigte Demeter auf den Planeten unter ihnen, der ihrer Erde so ähnlich war.

„Du wirst uns auf diesem Planeten absetzen?", fragte Martina erschrocken.

„Ja", sagte Demeter.

„Dort werden Sie leben können, wie ich es Ihnen versprochen habe", ergänzte Kira. „Ich habe Ihnen beiden viel zu verdanken. Sie verkörpern das Gute im Menschen. Sie haben es verdient, an einem friedlichen Ort glücklich leben zu können."

„Werden wir dort allein sein?", fragte Peter.

„Sie werden Antworten bekommen", antwortete Demeter.

Martina schaute Peter an. Sie nahm seine Hand, gab ihm einen Kuss. Sie sah zu Demeter und fragte mit gebrochener Stimme: „Werden wir die Erde jemals wiedersehen?"

„Nein", erwiderte Demeter. „Das ist leider nicht möglich."

Peter sah, wie sich Tränen in Martinas Augen bildeten, und er legte seinen Arm um ihre Schultern.

„Die Gefühle, die ihr Menschen füreinander empfinden könnt, faszinieren mich", sagte Kira. „Ich habe Sie beobachtet. Sie lieben sich. Solange Sie dieses Gefühl nicht verlieren, werden Sie glücklich sein. Ich beneide Sie darum."

Die Wand, durch die sie den Planeten sehen konnten, schloss sich.

„Kommen Sie", sagte Demeter mit einer einladenden Geste. Die künstlichen Lebensformen schritten durch die weiße Wand.

Peter und Martina folgten ihnen.

Ohne dass sie eine merkbare Wegstrecke zurückgelegt hatten, standen sie augenblicklich vor einem etwa drei Meter hohen kugelförmigen Objekt. Es glich dem Objekt, das sie in Demeters Welt gezogen hatte.

„Sie müssen jetzt gehen", sagte Demeter. Sie zeigte auf das Objekt. „Der Transporter bringt Sie gefahrlos auf den Planeten."

„Wir haben aber noch so viele Fragen", sagte Martina. „Warum diese Eile?"

„Weil dies hier nicht der Ort ist, an dem Sie länger bleiben können", sagte Demeter.

„Werden wir Sie wiedersehen?", fragte Peter.

„Nur, wenn es notwendig ist", antwortete Demeter.

„Ich werde Sie beobachten", ergänzte Kira. Sie nahm Peters Hand. Er spürte eine wohlige Wärme durch seinen Körper fließen. „Ich werde Sie vermissen, Peter. Sie sind mein Freund." Sie senkte ihren Kopf und drehte sich zu dem Transporter. „Gehen Sie jetzt", sagte sie.

Peter hätte gerne ebenso warme und bewegende Abschiedsworte gefunden wie Kira, aber das wollte ihm nicht gelingen. Sicher, er wusste jetzt, dass sie die Erde vor der sicheren Zerstörung bewahrt hatte. Zu groß aber war die Wut, die er wegen der Opfer empfand. Opfer, die sie unfreiwillig auch erbringen mussten, um Kiras Traum zu verwirklichen.

44.

Sie standen in der Kugel. Das Objekt schien fast vollständig transparent zu sein. Wie durch eine getönte Brille konnten sie den Raum außerhalb des Objekts noch sehen. Im nächsten Augenblick war der Raum verschwunden. Sie standen scheinbar ungeschützt im Weltraum, den Planeten unter sich, auf den sie jetzt hinabfielen.

Martina umklammerte Peter, sie drückte ihn fest an sich. Ihre Mission war nun beendet. Das letzte Stück ihrer Reise war privat – ein Menschenpaar auf der Suche nach einer Zuflucht, weit entfernt ihrer Heimat.

Ohne jedes Gefühl für Beschleunigung oder Entschleunigung durchflogen sie die äußere Atmosphäre des Planeten. Sie sahen das immer näher kommende Land und nach wenigen Sekunden fielen sie bereits durch ein dichtes Wolkenband. Einzelne topografische Strukturen wurden sichtbar. Da waren Berge, Täler, vertrautes Land. Flussläufe, Seen und Wälder, Bäume, die im Wind wogten, vermochten sie zu erkennen.

„Ob sie uns noch hören können?", fragte Peter, weil ihm einfiel, dass er etwas Wichtiges vergessen hatte.

„Weiß nicht", flüsterte Martina, ohne wirklich verstanden zu haben, was er meinte.

„Kira?"

„Ja, Peter."

„Gibt es eine Möglichkeit, den Menschen, die wir auf der Erde zurücklassen mussten, mitzuteilen, dass es uns gut geht?"

„Ja, Peter. Das habe ich schon veranlasst."

„Vielen Dank, Kira."

Sanft setzte sie das Objekt auf der Oberfläche des Planeten ab. Sie durchschritten seine Hülle, ohne erahnen zu können, auf welcher fremdartigen Technologie dieses Objekt beruhte. Eine Technologie, deren Geheimnisse niemand entdecken durfte. Dafür war Demeter bereit, ganze Spezies auszulöschen. Sie hatte diese Geheimnisse über einen Zeitraum hinweg gehütet, der jeder menschlichen Vorstellungskraft unzugänglich war.

Peter spürte den Wind auf seiner Haut. Es roch nach frischem Gras und nach Laub. Die Luft war angenehm warm. Alles glich den Bedingungen auf der Erde. Gänsehaut überzog seinen Körper.

Sie standen auf einer kleinen Anhöhe, umringt von dichten Laubwäldern. Am Waldrand sahen sie vereinzelt kleine Hütten. Vor einigen der Hütten hingen schlichte, graue Kleidungsstücke, die im Wind wedelten. Jemand hatte sie offensichtlich dort zum Trocknen aufgehangen. Da war Leben, intelligentes Leben.

„Sie sind noch da", sagte Peter. „Sie hat ihnen ihre technische Zivilisation genommen, aber sie leben."

„Und sie wird es wieder tun, eines Tages", ergänzte Martina.

Sie liefen zu einer der Hütten.

EPILOG

Es regnete in Strömen, als das Taxi vor dem Haus der Walters anhielt. Baxter stieg aus, setzte sein Barett auf – er trug seine blaue Ausgehuniform – und eilte zur Eingangstür, um nicht allzu nass zu werden. Vor der Haustür zögerte er kurz, an Besuche dieser Art würde er sich nie gewöhnen können, dann klingelte er.

Edward öffnete die Tür, seine Frau stand hinter ihm. Der Colonel hatte sich vor drei Tagen angekündigt. Den Grund seines Besuches kannten sie nicht, aber sie hofften, dass Baxters Besuch Gewissheit bringen würde. Quälend war die Ungewissheit, in der sie gefangen waren.

Die Walters gaben Baxter wortlos kopfnickend die Hand und ließen ihn ins Haus. Baxter sah, dass Helen geweint hatte. Sie hatte seit der Nachricht vor sechs Monaten, dass die Survival verschollen sei, viel geweint.

Sie gingen ins Wohnzimmer. Ein Stoffsofa und ein breiter Ohrensessel, mit einem kleinen reich verzierten Beistelltisch aus Nussholz davor, gaben dem Raum eine warme, gemütliche Atmosphäre. An den Wänden hingen Bilder, zumeist Familienfotos. Alles wirkte altmodisch, aber nicht kitschig. Die Inneneinrichtung war Helens Werk, sie hatte durchaus Talent.

„Wir haben vor einer Woche eine Nachricht von der Survival erhalten", begann Baxter, nachdem sie sich auf das Sofa gesetzt hatten. „Sie stammt von der KI, die sich mit an Bord des Raumschiffes befand." Er zögerte kurz, suchte nach den richtigen Worten. „Ich weiß", fuhr er schließlich fort, „wie sehr Ihnen der Verlust Ihres Sohnes zusetzt. Leider kann ich Ihnen diesen Schmerz nicht nehmen. Ich hoffe jedoch, dass es für Sie eine Erleichterung ist, zu erfahren, dass Ihr Sohn zusammen mit Martina Beckstein sehr wahrscheinlich überlebt hat. Er wird nicht mehr zur Erde zurückkehren können, aber er ist am Leben."

Helen verbarg ihr Gesicht mit den Händen und begann leise zu weinen.

„Wo ist Peter jetzt?", fragte Edward, der gefasst wirkte.

„Das wissen wir nicht. Nachdem das Objekt verschwunden war, konnten wir auch das Raumschiff nicht mehr orten. Wir vermuten, dass sie in das Objekt hineingeflogen sind. Dass sie dies tun wollten, teilte uns die KI jetzt mit. Sie teilte uns auch mit, dass die beiden Überlebenden der Survival nicht in Gefahr seien. Die Möglichkeit einer späteren Rückkehr gebe es jedoch nicht.“

„Können wir dem Computer denn glauben?“, wollte Edward wissen. „In den Medien berichten sie, es habe Fehlfunktionen gegeben.“

„Eine Fehlfunktion kann ich nicht bestätigen. Ob Ihr Sohn freiwillig in das Objekt geflogen ist, wissen wir nicht. Es gibt aber keinen erkennbaren Grund, uns nicht die Wahrheit zu sagen. Und da ist noch etwas.“ Baxter holte einen Laptop aus dem Aktenkoffer, den er bei sich trug, drehte ihn zu den beiden, die neben ihm auf der Couch saßen, und spielte eine Videodatei ab. „Das Video erreichte uns zusammen mit der Nachricht der KI“, sagte er, während der Computer die Datei lud.

Helen erschrak, ihr Gesicht verzog sich zu einer grauenhaften Grimasse, sie stöhnte laut auf. Edward starrte schweigend auf den Bildschirm, er verbarg den Schmerz, den die Bilder, die das Video jetzt zeigte, in ihm verursachten.

Sie sahen eine Aufnahme ihres abgemagerten Sohnes, der mit kleinen müden Augen in die Kamera blickte – aufgenommen drei Monate nach Coppers Tod.

„Hallo Mom, hallo Dad", sagte Peter. „Ich weiß nicht, ob euch diese Nachricht jemals erreichen wird. Ich denke nicht. Dennoch versuche ich es, denn ich möchte euch jemanden vorstellen."

Sie sahen, wie ihr Sohn seinen Kopf zur Seite drehte. Das Bild wurde unscharf, die Qualität war schlecht. „Komm, Schatz", hörten sie ihren Sohn leise sagen. Eine Frau kam ins Bild. Sie erkannten Martina Beckstein, die sie nie persönlich kennengelernt hatten. Die Frau setzte sich dicht neben Peter, um von der Kamera erfasst zu werden. „Ich möchte euch Martina vorstellen."

Die beiden lächelten in die Kamera. Es war ein ehrliches Lächeln, das jedoch nicht zu dem entkräfteten Aussehen der beiden passen wollte. Edward und Helen erkannten die Hoffnungslosigkeit in den Gesichtern.

„Ich habe jetzt tatsächlich die Frau meines Lebens gefunden." Ihr Sohn gab der Frau einen Kuss. Wieder stöhnte Helen. Unerträglich war der Schmerz, den sie empfand. „Macht euch also keine Sorgen. Ich vermisse euch sehr. Ich ..." Das Video brach ab.

Baxter schloss den Laptop. „Leider wurde nicht die gesamte Datei übermittelt", sagte er. „Es tut mir leid."

Edward wollte sich zwingen, die Tränen zurückzuhalten, aber es gelang ihm nicht. Helen umarmte ihren Mann und sie weinten zusammen um ihren Sohn.

Baxter saß noch eine ganze Weile schweigend neben den Walters. Es gab keine Worte, die die Trauer hätten heilen können, das wusste er genau.

Der Colonel sagte ihnen nichts von der Warnung, die Kira ihnen noch übermittelt hatte. Diese Informationen waren geheim. Niemand sollte erfahren, dass da draußen etwas war, das die Menschheit beobachtete. Etwas, das abermals einschreiten würde, wenn es sich durch die Entwicklung der Menschen bedroht fühlte.

Ende

VOM AUTOR

Sollte Ihnen der Roman gefallen haben, würde es mich sehr freuen, wenn Sie das Buch bei einem Onlinehändler oder Buchblog bewerten würden. Positive Rezensionen motivieren, kritische Anmerkungen helfen, besser zu werden – für einen unabhängigen Autor in jedem Fall eine große Hilfe.

Wollen Sie mit mir direkt Kontakt aufnehmen? Dann besuchen Sie meine Internetseite:
www.ivemarshall.de.

Vielen Dank für Ihr Interesse!

ÜBER DEN AUTOR

Der Autor wurde 1974 geboren. Nach dem Abitur studierte er an der Universität Potsdam Rechtswissenschaften. Er ist verheiratet und hat zwei Kinder.

Ive Marshall schreibt bereits seit vielen Jahren in der Abgeschiedenheit des Flämings Kurzgeschichten aus dem Bereich der Science-Fiction. Mit „Kira" hat er nunmehr eine seiner faszinierendsten Geschichten zu einem Roman werden lassen und veröffentlicht.